智慧公主马小岚前传 7

消失的遗嘱

麦晓帆　马翠萝　著

全国百佳图书出版单位

化学工业出版社

·北京·

刑侦三人组2　消失的遗嘱　麦晓帆著
ISBN 978-962-923-465-2

本书为山边出版社有限公司授权化学工业出版社有限公司的中国大陆地区（不包括中国台湾、香港及澳门地区）的中文简体字版本，仅限于在中国大陆地区（不包括中国台湾、香港及澳门地区）发行销售。

未经许可，不得以任何方式复制或抄袭本书的任何部分，违者必究。

北京市版权局著作权合同登记号：01-2021-1964

图书在版编目(CIP)数据

智慧公主马小岚前传.7，消失的遗嘱/麦晓帆，马翠萝著.— 北京：化学工业出版社，2021.6
ISBN 978-7-122-38625-0

Ⅰ.①智… Ⅱ.①麦… ②马… Ⅲ.①儿童故事 - 作品集 - 中国 - 当代 Ⅳ.① I287.5

中国版本图书馆 CIP 数据核字（2021）第 036486 号

责任编辑：刘亚琦　　美术编辑：关　飞　　插　图：疾风翼
责任校对：王　静　　封面设计：进　子

出版发行：化学工业出版社（北京市东城区青年湖南街 13 号　邮政编码100011）
印　　装：大厂聚鑫印刷有限责任公司
880mm×1230mm　1/32　印张 5½　2021 年 6 月北京第 1 版第 1 次印刷

购书咨询：010-64518888　　　　　　　　　　售后服务：010-64518899
网　　址：http://www.cip.com.cn
凡购买本书，如有缺损质量问题，本社销售中心负责调换。

定　价：19.80 元　　　　　　　　　　　　　　　　　版权所有　违者必究

侦探档案

马小岚

性格：聪明能干、勇敢善良
爱好：喜欢寻根究底、解难破案

表面是一个乖巧、低调的普通小女生，实则是大名鼎鼎的校园侦探、警方刑事侦查的资深顾问。拥有极佳的思考判断能力，推理细致严密，常常依靠自身敏感而精准的破案灵感，破解事件真相。

晓晴

性格：外向热情、脾气火暴
爱好：搜集所有跟潮流有关的信息

马小岚最好的朋友、同学兼邻居，拥有模特儿般的身高、明星般的甜美外貌，是个锋芒毕露的漂亮女生。对潮流有非常敏锐的嗅觉，随时保证自己站在时尚的最前沿，不过，学习成绩相当令人担心。

晓星

性格：热情大胆、行事夸张
爱好：恶作剧、喂养宠物猪

晓晴的弟弟，天资聪颖，成绩优异，连跳两级，现与姐姐、小岚就读同一班。唯恐天下不乱，常常制造各种耸人听闻的捣蛋事件，是一个令人头痛的"熊孩子"。从小喜欢看侦探小说，幻想自己是一个大侦探，自封为小岚的得力助手。

序　幕		1
第1章	今天我们去旅行	8
第2章	新闻发布会	19
第3章	企业家的遗嘱	25
第4章	变成傻瓜的晓星	37
第5章	时间囊风波	45
第6章	胡督察驾到	53
第7章	意料之外的继承者	61
第8章	无法接受的身份	68
第9章	不可能的犯案手法	76

第 10 章	大海捞针	85
第 11 章	在磁电廊	96
第 12 章	在镜子世界	103
第 13 章	在生命科学展览区	112
第 14 章	在食品科学展览区	121
第 15 章	法理？情理？	131
第 16 章	最后三个问题	139
第 17 章	偷遗嘱的人	146
第 18 章	遗嘱的秘密	154

尾　声　　　　　　　　　　　　　　　　161

替大侦探过生日也不容易　　　　　　　　167

序幕

　　晴朗的天空下，一对小情侣漫步在香港公园的小道上。

　　阳光透过密集的树叶，在小道上形成星罗棋布的斑点，把它装饰成了美丽的星光大道；迷人的花香在空气中弥漫着，甜美而温暖，让人仿佛走进了五彩缤纷的糖果店；蜜蜂的嗡嗡声和雀鸟的鸣叫声隐约地从远处传来，打破了宁静，却又不至于破坏了浪漫的气氛。

　　这对小情侣紧紧地牵着手，无忧无虑地到处闲逛。

　　女孩长得非常漂亮，留着一头黑色的长发，瓜子脸，有着大大的灵动的眼睛，她穿着一件浅蓝色的裙子。看上去她挺活泼好动的，看见什么有趣的植物都要停下来观赏

消失的遗嘱

一番；而和她一起的男孩，皮肤黝黑，个子不高，相貌也很普通，但长相憨厚，还长着一双充满智慧的眼睛。

他俩只有二十多岁，才刚刚从大学毕业。在这个美丽的下午，他们一边走，一边轻声交谈，计划着未来，把整个世界都抛在了脑后。

他们的脸上都洋溢着幸福。

走着走着，到了小路的尽头。两人离开了绿草如茵的公园，转眼便踏上了熙来攘往的大马路。车辆从他们身旁隆隆驶过，掀起一阵沙尘，把身体柔弱的女孩引得咳嗽起来，男孩立即温柔地拍着她的背，令她渐渐舒缓下来。

"接下来，我们到哪儿去？"当她感到好点之后，微笑着问道。

"到哪里都无所谓。"男孩耸了耸肩。的确，对于他来说，只要和她在一起，到哪儿去都没有关系。如果她要去山顶，他会陪她到山顶去；如果她要去海滩，他也会陪她到海滩去；如果她说要去天涯海角，他也会毫不犹豫地放下一切，跟随着她，陪伴着她……

他们互相是那么信任和爱慕，世间根本没有任何力量能把他们分开。

仿佛是有意搞破坏，一辆银色的豪华轿车在他们旁边急速停了下来,发出刺耳难听的声音。

车子刹停得那么突然,把站在人行道上的那对情侣吓了一大跳。他们呆若木鸡地盯着车子,不知道接下来将要发生什么事。

车子后门被打开,一个相貌威严的中年人走了出来。他长得很高,身穿笔挺的灰色西装,两眼炯炯有神,皱着眉头望着两人。

女孩一看见这个人便怔住了。

"爸爸!"她的声音颤抖起来。

中年人以难以置信的速度向两人冲去,女孩眼睛徒然睁大,很努力才控制住自己没有后退一步;中年人来到女孩面前,伸出手去,粗暴地抓着她的手臂,二话不说就往回拉。

"等等,爸爸,你在干什么?"女孩挣扎着甩掉了他的手,质问道。

中年人指着那个男孩骂道:"我警告你!立即离开这儿,不然,我就要对你不客气了。"

男孩还来不及回答,女孩便大声抗议了:"爸爸!你怎么能……他是我的男朋友!他喜欢我,我也喜欢他。你没有权利把他赶走!"

消失的遗嘱

"你!"中年人生气地看向女儿,"幸好我踫巧路过这儿,撞破你们的好事,不然真不知道你会被他蒙骗多久!你以为这些穷小子是真心喜欢你?他们都是在觊觎着我们家族的钱,很快他们就会露出本来面目。你千万不要上他们的当!"

"不,我是真心喜欢你的女儿……"男孩往前走了半步。

"你闭嘴!"中年人用手指着他恫吓道。

"爸爸!"女孩大喊,"你错了。我已经长大了,你还不相信我的判断吗?阿恒真心爱我。事实上,当我们认识的时候,他根本就不知道我是你这个亿万富翁的女儿。的确,他和我可能不够'门当户对',但你又怎能由此断定他贪图的就是钱呢?一直以来,你就反对我交任何朋友,如果我和任何男孩过度亲密,你就会立即找人把对方赶走,所以我才不敢把谈恋爱的事告诉你啊!对不起,我隐瞒了这一切,但请你成全我们吧!事实上,我和阿恒决定下个月便结婚了。"

女孩的父亲听后瞪大了眼睛,似乎受到了很大的刺激。

"爸爸,阿恒是一个很好的年轻人。"她把手放在父亲的肩上,"他一定会好好地照顾我一辈子。而且,以他的资质,我肯定他不会让你失望的。"

中年人沉默起来，视线在两个年轻人之间摇摆不定；有那么一刻，她以为他已经接受了这段感情……

但她父亲冷酷地开口了，说出了那段她毕生无法原谅的话。

"你要多少钱？"中年人望着男孩说，"让我们在这里做个了断吧！反正你图的就是钱，那么就说个数目。这对你来说有利无弊，既拿到钱，又不需要整天装作爱上我女儿……"

说着他把支票簿掏了出来。

"爸爸，我不许你侮辱阿恒！"女孩气得眼冒泪花，她冲上前去，一把夺过支票簿，撕得粉碎。

接下来所发生的冲突、推撞和谩骂，令伤害逐步加深，当他们真正从暴怒中清醒过来时，所有事情已经无法挽回了。

中年人再也无法维持他应有的企业家风度，一边挥动着胳膊，一边破口大骂："好啊！算我生错了你这个女儿，你喜欢和他结婚就结婚吧！你听着，当我死去后，我一分钱都不会留给你和这个混蛋！我说到做到！"

"我一点不稀罕！"他女儿也不甘示弱，哭着叫道，"你喜欢把那些臭钱给什么人都可以！我和阿恒一分钱也不想要。"

听见这话，她父亲已经再也管不住自己的舌头了。

"既然你这样想，好！我成全你。我现在正式宣布，我和你正式断绝父女关系！我就当从没有过你这个女儿！你也别想再回到这个家来！"

"那很好！"她女儿满眼泪花，倔强地昂着头回答。

事情似乎已经僵到无法挽回的地步，但是双方说出那样的话后又有点不是味儿，接下来是一段凝重的沉默，大家都开始为这场争执感到有点后悔。

如果有人能退一步，那就……

正在这时候，轿车司机从驾驶座里出来，在老板耳边耳语道："呃……老板，落成典礼快要开始了……"

中年人愣了几秒，然后猛地转过身去，仿佛要躲开什么似的冲进了轿车后座，然后重重地关上了门；轿车司机重新发动了引擎，踩下油门，汽车便咆哮着渐渐远去，没多久便消失在两人的视野里。

这时候女孩再也忍不住了。她把头埋进男孩的怀里，号啕大哭起来。

男孩不断地安慰着她，但似乎都不起作用。

自此以后，女孩再也没有踏进家门半步。

那时是一九九八年。

消失的遗嘱

第1章
今天我们去旅行

许多年后。

小岚、晓晴和晓星，此刻正并排坐在一辆旅游大巴的三人座上。

和所有坐在旅游大巴里的高一年级同学一样，他们正朝着这次班级旅行的目的地进发。准确点来说，他们正在前往位于尖沙咀的香港科学普及馆的途中。

班级旅行——听起来不错是吧，但到底好不好玩，就要看目的地是什么地方了。例如说，高二年级的班主任就选择带学生去长洲逛寺庙、游泳、烧烤和骑单车；初三年级的班主任则选择去美丽的香港湿地公园看花看鸟，还有那只叫贝贝的小鳄鱼；初一就坐缆车去太平山顶，野餐、远眺、照相；即使是一向喜欢偷懒的初二年级班主任，也至少带大家去大埔放放风筝。

至于高一年级班主任美宝老师呢，她选择带大家到香港科学普及馆去。老实说，这纯粹是美宝老师的个人决定。如果她征求学生意见、想去就举手的话，那相信全班有九成人宁愿把美宝老师气哭，也会狠心地把手藏在课桌下面。

自十二岁起，小岚就再也没去过科学普及馆这个大型儿童游乐场。先不说高一年级有一半以上的同学选读的都是文科，即使是理科的同学们，也不会有兴趣来这个专供八至十四岁小朋友学习基本科学原理的地方闲逛。

说真的，高一年级的同学都很喜欢美宝老师，但有时却受不了她把学生都当成是小孩子；听说美宝老师以前是幼儿园老师，她似乎把教小孩子的那一套方法原原本本地用在秋之枫中学高一年级的同学们身上。

"同学们，我们快要到科学普及馆啦！"美宝老师站在大巴过道上，微笑着说，"大家兴不兴奋呢？问个问题啦，大家知道科学普及馆是什么时候落成的吗？请踊跃举手，答对就有糖糖吃哦。"

没一个人有勇气把手举起来。

"它是在1998年落成的!"美宝老师对没人回应一点不介意,仍然笑着说,"科学普及馆有什么著名的展品,大家又知不知道呢?"

车里的同学们流着冷汗,希望美宝老师不要点名叫人起来回答。

"没错!"幸好美宝老师又再开启了自问自答模式,"科学普及馆里最著名的展品,就是能量穿梭机了,它同时也是科学普及馆里最大的展品,它的原理,是通过几个小球的运动,把势能转化为动能、声能和……"

小岚叹了一口气,本来她是不想参加这次活动的,事实上高一年级一半以上的同学都没来,请假的请假、装病的装病。有一个家伙为了不来,甚至声称自己被爷爷传染,患了老年痴呆症……结果,最后仅用一辆旅游大巴就可以把整个高一年级的学生都带上了。

但小岚却请不了假,因为——晓星坚持要去。

晓星坚持要去,跟小岚就不能请假,这中间究竟有什么因果关系呢?是这样的。众所周知,晓星是全宇宙间最顽皮的人,上一次家人朋友一不小心没看好他,让他独自外出了,结果直接导致一间连锁玩具店关门十天,而且重新开张后很长一段时间,店里仍然有股怪味儿(别问为什么)……所以,如果晓星坚持要去某个地方,那么为了地球的和平和稳定,小岚和晓晴就必须盯紧他,以应付各种可能的突发情况。

至于为什么晓星坚持要去科学普及馆,却是一个谜。要知道,晓星的成绩虽然很好,好得甚至可以和她姐姐晓晴读同一个年级,但离"好学"还有一段以千米计算的距离。所以当他坚持要去科学普及馆时,大家都认为这里有古怪。

鉴于上述原因,小岚也只好勉为其难参加活动了,除了晓星父母之外,她是唯一一个可以管住晓星的人。此刻,她只盼着这一天快点过去。

小岚,全名叫马小岚。虽然看上去她只是一个比别的女孩漂亮一点的高一女生,似乎和全港数以十万计的中学生没有什么实质分别;但如果你是一个有犯罪意图的人,就千万别在她面前胡来。因为无论你的罪行掩饰得多么巧妙,她都可以通过各种蛛丝马迹,把你逮个正着。

不过,俗话说"一个好汉三个帮",尽管她是一个连警方也佩服不已的神探,但如果没有朋友晓晴和晓星的话,她每次破案也不会那么快捷妥当。

晓晴是个万事通,嗯……至少在城中八卦、时尚潮流、通俗文化方面,她无所不知。而很多案件如果缺少这方面

的资讯，就会变得盲目、看不清方向；至于晓星，虽然他的调皮捣蛋经常会影响调查的进度，但更多时候他会因为顽皮而无意间发现什么破案关键，又或者因为说出某句话而提醒了小岚，让她更快地推理出案件的真相。

可以这样说，晓晴和晓星一直都通过他们自己的方式，协助小岚破案。他们是最完美的侦探三人组，缺一不可。

小岚望向左边睡得正甜的晓晴——晓晴上车没两分钟便已经睡着了，打着呼噜仰着头，完全没有受到美宝老师的影响。

至于坐在自己右边的晓星呢，则正望着手上的小镜子，不断地整理自己的仪容，一会儿拨拨头发，一会儿理理衣领，一会儿露齿而笑，一会儿装出严肃的样子……在小岚的印象中，晓星从来没对自己的外表这样紧张过，他今天到底是怎么了？

旅游大巴穿过长长的海底隧道，缓缓兜了个大圈，在几条小马路上穿梭了一阵子，终于来到香港科学普及馆的主建筑物旁。

香港科学普及馆只有四层高，是一栋粉红和蓝色相间的正方形建筑，它的表面没装几块玻璃，看起来整个就是密封的，让人感觉透不过气来；最让人摸不着头脑的是，那个坐落在建筑物顶层的圆锥形塔,像支巨型圆珠笔头般对着天空,让人联想起那做不完的功课和令人恐惧的考试。这栋建筑物的设计师是什么人?小岚真想知道。

"好啦,大家一个跟一个下车,千万别互相推撞哦!"美宝老师照例像个幼儿园老师般说道,就差没叫大家拉着前面同学的衣服下摆了。

同学们开始依次下车,但贪睡的晓晴还没醒,小岚叫了她几声,她仍然像个睡公主一样,什么反应都没有。

没办法,只好出绝招了。小岚于是把手掌摆成喇叭状,凑到晓晴的耳边大声道:"清货大减价!开张大酬宾!本店优惠期内,化妆品全部一折,手快有手慢无……"

话还未说完,晓晴便眼睛一睁,一跃而起:"哪里哪里?一折那么便宜?"

"在那边。"小岚顺势指着车门,"一下车便是。"

只见晓晴就像一阵风,一溜烟下了车。相信她很快就会反应过来受骗了吧,但至少小岚的目的已经达到了。

好不容易搞定一个,这下轮到晓星了。小岚微微叹息着,自己什么时候成了这两姐弟的小保姆了。

"晓星,还不下车?"

"等等,我的发型还没弄好,叫我怎么见人啊!"晓星

消失的遗嘱

的手在头顶拨啊拨,一脸烦恼地说,"这定型发胶一点儿也没有用,头发让风一吹就乱了。"

"好啦,无论你怎么弄也不会像刘德华,快点下车吧!"小岚催促道。

"等一等!"晓星仍在照镜子拨头发。

"咦?你额头上那是什么东西?"小岚好像刚发现了什么,话锋一转,问道。

"什么?什么什么东西?"晓星紧张起来。

"这里。"小岚随便指了他额头上一个地方,"好像是颗行星级无敌大痘痘呢!看见了吗?"

"在哪里?真像行星那么大?"晓星感到空前的绝望。

"车里这么暗你当然看不见,快下车看吧,外面光线比较好。"

晓星一听二话不说就冲下车,然后对着镜子东瞧西瞧,寻找那颗不存在的痘痘去了。

小岚摇头叹息,也跟着下了车。

有人拍了拍她的肩膀,小岚回头一看,原来是温学晴。

秋之枫中学开学后不久,高一年级曾发生过一系列严重的恶作剧,而正是因为这些恶作剧,让小岚和温学晴成了非常好的朋友。

在温学晴的旁边还站着两个女孩子。其中个子小些、有一头短发的那个女孩子叫李晓培,她曾协助小岚查过一系列恶作剧;而另一位身材苗条、留着一头长发的叫郑慧,她刚刚在半个月前才从别的学校转校过来。

"唉,浪费了美好的一天啊。"这时温学晴无奈地说,"就算去学校后山看蚂蚁打架也比来这儿强,你说对不?"

"没错。"小岚同意道,"听说高三年级的师兄师姐竟然去台湾旅游呢,真让人羡慕。"

"而我们却来这个小孩子才会光顾的地方。"李晓培叹了口气。

"嘘!美宝老师会听见的。"小岚压着声音说,但她随即又补充道,"我也知道今天这趟旅程会很闷,所以我专程带了几本八卦杂志来,我们几个可以找个隐蔽的角落,看杂志谈绯闻,时间会很快过去的。"

说着小岚拍拍自己厚厚的背包。

"太好了!"温学晴高兴得跳了起来,"我还以为今天会闷死在这儿呢。"

"不好意思,"郑慧小声地问道,"这个……香港科学普及馆真的有你们所说的那么沉闷吗?"

"当然啦。"温学晴皱着眉头说,"试问那些科学理论,

消失的遗嘱

对我们的生活有什么帮助？为什么我们需要知道汽车引擎的运作原理呢？又或者各种维生素的不同之处？又或者恐龙在多少年之前灭绝？知道这些又有什么用……即使我不知道吸尘器的运作原理，我仍然懂得用它来清洁地板啊。"

"没错。"李晓培插嘴道，"这些科学理论就让那些科学家来操心好了，我们可不关心；除非是超级无敌书呆子，不然谁会对这科学普及馆之旅有一丝一毫的兴趣……"

话才说一半，就听见有人在喊："哇，这科学普及馆之旅实在太让人期待了。"

只见高一B班班长徐嘉明身穿一件印有"我爱科学"英文字样的T恤，头戴一顶鸭嘴帽，左手拿出一部有长镜头的照相机，右手拿出科学普及馆地图，兴奋地站在队伍前列，一脸迫不及待的样子。

大家差点忘了，徐嘉明正是这种超级无敌书呆子。

"哈哈哈……"四个女孩子顿时笑成了一团。

好吧，今天的旅程暂时还不算太糟。小岚只希望快点参观完毕，美宝老师大发慈悲早点放人返家。

可惜事与愿违，一宗离奇的突发案件，把整个高一年级的学生困在科学普及馆的主建筑之中……

第 2 章

新闻发布会

美宝老师带领着同学们往科学普及馆大门走去，小岚把还在迷迷糊糊地寻找"一折化妆品"的晓晴、仍然在专心照镜子的晓星拉着，跟上大队。

队伍来到一扇由纵横交错的支柱组成的金属门前，停了下来。

"好啦，我们要在这儿拍张大合照，请各位同学按次序排好队。"美宝老师拿着自己的照相机大声指挥着，一群人傻瓜似的按着她的指令一会儿往左移，一会儿往右移，一会儿上前，一会儿退后……

事情就这样扰攘了一会后，美宝老师终于满意了，但

当她举起相机正要拍照时,突然一名保安从科学普及馆大门里出来,大声喊道:"不好意思,你们是来参观的吗?"

美宝老师放下相机,点了点头。

"不好意思,我们今天休馆一天,不接受参观。"保安说。

听见这个消息,大伙儿几乎忍不住要欢呼起来了。

"怎么会?这不可能啊!"美宝老师一脸诧异,"我记得今天明明不是休馆日。"

"是呀是呀!"

"太没道理了!"

同学们心里想着"快点赶我们走吧,快点赶我们走吧!"但表面上还是表现出一副依依不舍的样子,表示自己跟美宝老师是"一国的"。

保安带有歉意地笑笑,解释道:"是这样的,今天底层大厅正在进行一项工程,一场记者招待会也会在那儿举行,所以要闭馆。"

"可是……"美宝老师从口袋里拿出一张纸,说,"我们在两个月前就已经作出了申请。这是馆方给我的申请回条,上面写着批准我们在今天上午十时到下午二时于科学普及馆进行参观游览,不然我们也不会到这儿来啊!"

保安拿着申请回条看了又看,露出为难的表情。犹豫片刻，他对美宝老师说："请等一等，我去问问馆长。"

只见保安回到售票处，拨了个电话，谈了不到两分钟便回来了。

"馆长会亲自下来。"丢下这句话后，他便回到了自己的岗位上。

不一会儿馆长出现了。

在小岚的想象中，科学普及馆馆长肯定是个白发苍苍的老人，老花镜后面的眼睛有着智慧的光芒，身穿实验室用的白袍，样子就像一个科学怪人，或者大学教授……

但出乎她的意料，馆长年纪不大，只是一个五十岁左右、衣着随便的中年人。他眼睛很小，小得难以看到他的眼珠，所以不知道有没有闪着智慧光芒。看起来跟科学怪人或大学教授完全沾不上边，倒更像一名普通的办公室职员。

"你好，我是许馆长，请问我能帮你什么？"他朝美宝老师走去，问道。

于是美宝老师把情况又告诉了他一遍。许馆长听后便回答道："遇上这种事我很抱歉，因为休馆的事刚在几天前才决定，而我们的职员可能忘记把休馆的事情通知你，所以才会造成这次误会。"

"那我们该怎么办？"美宝老师有点担心地问，"我

们都已经来到大门口了,现在折返的话,实在是太可惜了。我的学生都很期待这次科学普及馆之旅哩!大家说对不对?"

"是啊是啊!"只有徐嘉明大点其头。

"这个……"许馆长想了一会儿,才道,"好吧,我批准你们进去参观。"

人群中传来一阵叹息声。

"我代表全体同学谢谢你。"美宝老师倒是喜上眉梢。

"没什么。因为工程关系,我们需要关闭部分的展位,为避免影响参观人士的游览体验,所以才会决定闭馆。只要你们不介意某些展位不开放,进入参观也无妨。嘿,如果你们有兴趣的话,甚至可以去旁听那个新闻发布会的。"

"到底是什么新闻发布会?"这倒引起了晓星的兴趣,他连忙举手问道。

"你们不知道吗?"许馆长说,"我们要把二十多年前,即科学普及馆落成那年,埋在馆内地底的时间囊挖出来。"

"时间囊?那到底是什么东东?"有人插嘴道。

"哎,这个我知道。"班长徐嘉明手舞足蹈地解释,"时间囊就是一个装有各种物品和信息的坚固箱子,人们把它埋在地底,几十年后再挖出来,那么未来的人就可以通过箱子里保存的东西来了解过去。甚至可以说，时间囊就是一台简单的时光机。"

"说得对。"馆长赞道，"时间囊的作用，主要是把一些有纪念价值的东西保存下来，供后人研究。时间囊即使埋在地下几十年，里面的东西也不会受到破坏，有些时间囊甚至可以保存几百年以上呢。"

"咦？可是这时间囊才埋在地底二十多年，为什么那么快就要挖出来？"晓星奇怪地问。

"这个啊……"许馆长叹息说，"你们没看新闻吗？著名企业家陈翁在上个星期因病去世了。"

陈伟业，敬称陈翁，是跨国企业伟业集团的总裁。他的集团业务涉及各个领域，拥有众多著名品牌，曾被多份杂志评为香港十大企业之一；而陈翁本身也是一位著名的科学家，拥有多项先进发明的专利，在香港的物理学界中拥有非常高的地位。由于他不但是一个精明的生意人，还是一个出色的科学家，因此在数十年的努力下，他自然也成了香港数一数二的大富豪。在陈翁九十岁时，他的资产已经达到数百亿，排进了香港的十大富豪榜。

但这么一个了不起的人，也无法与病魔抗衡，他在几天前因为心脏病发而去世了。

消失的遗嘱

这当然是一件无人不晓的大事。但这件事和科学普及馆的时间囊又有什么关系呢？许馆长的话，让大家都听得莫名其妙。

看见大家的表情，许馆长连忙解释。

"这件事可能大家都不知道吧，"他说，"陈翁生前所立的唯一一份遗嘱，就存放在我们科学普及馆的时间囊里！"

第3章

企业家的遗嘱

在科学普及馆地下 B 层的展览厅里,工作人员们正在忙碌地布置着现场。

伟业集团的副总裁——林政礼,站在刚搭好的讲台下大声指挥着。

"往左一点,不不不,是我的左边。"他没好气地喊道,把负责张贴海报的职员吓得直哆嗦,"你这个笨蛋,信不信我炒了你!"

在一般的情况下,作为企业的副总裁,林政礼是无论如何也不需要亲自督促现场布置的。但这次招待会对他来说实在是太重要了,绝对不容有失——一个半小时后,在

众多记者的镜头下,他将会正式向外公布,成为企业家陈伟业的遗产继承人。

这份遗产到底有多庞大,他恐怕一时三刻也数不完,毫无疑问,一旦放在时间囊里的遗嘱生效,他将会成为世界上最富有的人之一。为了这一天,他已经等待了二十多年。

等了这么久,陈伟业这老家伙终于死掉了,他恶毒地想。这几十年来,自己一直在努力奉迎这老家伙,拍他的马屁,擦他的鞋,这一切总算值得。

一直以来,他都担心陈翁会对女儿回心转意,订立一份新的遗嘱,但幸好陈翁并没有这样做。从当年的创业合伙人,到后来的企业副总裁,林政礼一直都是陈翁私底下最信任的助手,但他做梦也没想过,陈翁竟然肯立下遗嘱,把整个企业都留给他这个毫无血缘关系的人。

被喜悦感刺激得飘飘然的林政礼,不禁想起二十多年前的那个早上。

那一年,这间位于尖沙咀的香港科学普及馆才刚刚建成。在科学普及馆建设期间,作为一个科学家和企业家,陈翁无论在专业知识上还是兴建资金上都帮了大忙,因此在科学普及馆的落成典礼上,陈翁自然也是贵宾之一。

林政礼记得,那天陈翁很迟才到,他从自己的豪华轿车里走出来时，脸上充满了隐藏不住的愤怒。

这把跑上前迎接的林政礼吓了一跳，一时之间他还以为自己挪用公款的事被陈翁知道了，半天都不敢说出半句话。

"陈总，我……我……"

当他终于抵不住丑行万一被揭穿的恐惧，想用自首获得原谅的时候，却听到陈翁把拐杖重重一顿，怒气冲冲地说了一句："我没有这样一个女儿！"

丢下这么一句没头没脑的话后，陈翁便一声不响地往贵宾席走去了。

林政礼吓出一身冷汗，原来不是因为自己！幸好还没开口坦白一切。

通过陈翁司机的转述，林政礼才知道了原委。

还是那种老套的故事，有钱人家的千金喜欢上了穷小子，和父亲闹翻了，宁可过有骨气的穷生活，也不愿做没有自由的金丝雀……

而就在这一刻，林政礼突然意识到自己的机会来了，一个诱人的主意从他的脑袋里蹦了出来——他要说服陈翁把钱全都留给自己！

陈伟业自小父母双亡，连一个亲人也没有。长大后在他的努力下，成功赚到第一桶金后，娶了一个贤良的好妻子，

后来又生了一个女儿，终于有了一个完整的家，有了自己的亲人，开始过起了幸福的日子。

可惜好景不长，他的妻子因病去世，这让他的性情大变，他寄情于事业，拼命工作以麻醉自己，却不知道这样做却冷落了自己的女儿。

自此他和女儿一直都矛盾不断，直至今天矛盾激化，断绝父女关系。

这也就是说，现在陈伟业又回到从前的光景，连一个亲人也没有了。林政礼心里暗想，这样的话，他的庞大家产会由谁来继承呢？对，最有可能是那个从年轻时就和他一起打拼的人了。

林政礼虽然是陈伟业的合伙人，但由于当初投资不多，所以只占了很少的股份。眼看集团的业绩越来越好，资产总值火箭般上升，陈伟业的身家越来越雄厚，他眼红极了，常常异想天开，如果有朝一日，陈伟业把集团留给自己，那该多好。

只可惜陈伟业有个女儿！

没想到连老天都来帮自己，陈翁竟然与女儿断绝了父女关系！林政礼激动不已，然后又灵机一动——趁着陈翁现在正在气头上，不如自己就给添一把火，陈翁本来就气糊涂了，说不定就……

于是，在那天仪式举行途中，林政礼便壮着胆子，促请陈翁为了集团的未来发展，尽早立下遗嘱，确立遗产继承人。而这个继承人，必须是最早期的合伙人、管理上的得力助手、要很明白陈翁办企业的理念，这样才能把集团好传统发扬光大、事业欣欣向荣。

反正，他所提议的继承人的条件，无一不在给陈翁暗示——选我呀，选我呀，我是最合适人选哦！

在他卖力地唠叨了好一会儿后，陈翁竟然同意了！

二十多年后的这一刻，林政礼仍然佩服自己当年竟然如此大胆，一再暗示陈翁把遗产留给他；而同样让他意外的是，陈翁竟然真的答应了，并当即签下一份遗嘱，保存在时间囊里。

这是陈翁生前所立下的唯一一份遗嘱，尽管没有律师见证，尽管没有留下复印本，但却是他在身体健康、头脑清醒的时候亲笔签署，完全具有法律效力。陈伟业，这个当时就已经拥有数亿家产的企业家，声明在他死后，把一切财产都留给他的合伙人兼得力助手——林政礼。

林政礼不敢相信他竟然真的把一切都留给自己……

林政礼想，陈翁会这样做，一来当然是因为刚刚被女

儿刺激了,心里正愤怒着;二来也是因为他相信自己会利用这数亿的财力来把公司发扬光大。

把公司发扬光大?才怪!林政礼暗想。

他之所以肯做一个唯唯诺诺的助手,还不是为了让大老板信任自己!这些年来,他利用这种信任盗用了公司多少钱,他从公司的生意来往中收取了多少回扣,这些事情要是让陈翁知道,肯定得活活气死。

当他得到这些钱后,才不会管什么发扬光大,把公司卖掉,过逍遥日子去。那些钱,够他挥霍几辈子了。

想到这儿,林政礼不禁得意地笑了起来。

"喂,老林。"一个声音说。

敢如此随便地称呼副总裁的,当然不是什么普通人,只见一个四十岁不到的人,踱着步悠悠然来到林政礼跟前。他就是伟业集团的总经理——刘喜云。

"什么事?"副总裁没好气地问。

"各媒体记者已经到了现场,他们想先采访一下。"刘喜云用大拇指指了指背后,"我想你应该去露露脸。"

"我现在没空,随便找个人去应付就好了。"

"但他们想采访的是你啊,"刘喜云有点皮笑肉不笑地说,"副总裁,毕竟你是这次新闻发布会的主角,为了本企业的形象，我认为你或许、应该……"

"哼！不用你来教我怎样做。"林政礼怒气冲冲地说。

在陈翁未去世之前，他就已经对这个没大没小的刘喜云感到厌烦，甚至多次借口想把他解雇。但作为一个总经理，刘喜云却非常尽责，不但把公司管理得井井有条，而且对下属也很好，得到了很多基层员工的爱戴。林政礼几次想赶走他的阴谋，最后都以陈伟业反对告终。

林政礼心想，正式继承伟业集团后，自己要做的第一件事，就是把这个眼中钉拔掉。

"就是说几句话而已，去做个样子也好啊，"面对副总裁的怒气，刘喜云面不改色地说，"这里的布置嘛，由我来安排就好了，不用副总裁你操心。"

林政礼刚想拒绝，但他转念一想，毕竟自己是以副总裁的名义来接受这笔遗产的，所以最好不要为自己继承者的正当身份添麻烦。在镜头前装一会儿笑脸吧，只要钱一到手，就可以把公司啊记者啊什么的一脚踢开，过上自己的好日子了。

所以他瞪了刘喜云一眼后，便大踏步往记者聚集的地方走去。

一看见林政礼走近，记者们便争先恐后地把麦克风伸

向这位伟业集团未来掌舵人,另外还有不下几十部照相机、摄影机对着他,从不同角度进行抓拍。

"林先生,请问你今天的心情怎么样?"

"林先生,请问你对伟业集团的未来有什么计划?"

"请问你接受了陈翁的遗产后,首先会做些什么呢?"

"陈翁过世前有没有对你说过什么遗言?"

"陈翁过世后,伟业集团的股票下跌了十个百分点,你有何想法?"

"请问林先生……"

只见林政礼高举双手,挤出一点笑容,喊道:"请各位媒体朋友冷静,一个一个问。"

"我是香港日报记者,"一个记者首先喊道,"对于陈翁把你选为他的继承人,坊间一直都有各种各样的传闻,请问林先生,他为什么会这样做?"

"这个啊……当然是因为我是他最信任的人。"林政礼笑道,"陈翁年轻时就是个极有冒险精神的投资者,他勇敢地把辛苦赚来的钱投资出去,赚取了利润后,又再全部投资其他项目,结果是几倍几十倍的赚钱回来。有一次他的投资出现了问题,需要紧急筹集几十万元的资金,不然之前的投资就全赔了,就在他到处求助无门的时候,是我帮了他一把，把钱借给他，结果他的投资成功了，而我也成了他的合伙人。不是我吹牛，如果没有我的话，也就没有今天的伟业集团！所以他会把全部遗产都留给我，是很自然的事。"

接着记者们又纷纷抢着提问。

"我是都市电视新闻部记者。"一个人喊道，"林先生你好，众所周知，陈翁的妻子很早就过世了，而他的女儿则因为一些矛盾而和他断绝了父女关系。但据我们调查，他们父女虽然闹翻了，但断绝父女关系一事只是口头上的，

并没有法律上的手续。你认为陈翁的女儿会来追讨这份遗产吗?"

林政礼冷冷地笑了笑。

"保存在时间囊里的遗嘱具有法律效力。"他说,"无论她是不是他的女儿,遗嘱里都已经列明,一切遗产由我来继承。何况,我听说陈翁的女儿在十多年前也因病去世了,所以也不存在追讨的问题。"

"但是……"

"够了。"林政礼不客气地打断了记者的话,"可以不再谈他的女儿吗?还有没有其他问题?"

一个皮肤黝黑的中年记者举起了手。

"请提问,"林政礼指了指他,"呃,你是……"

"我是联合晚报的记者。"中年记者顿了顿,严肃地问道,"据我所知,陈翁是在二十多年前科学普及馆落成时立下遗嘱的,而陈翁和他女儿也是在那天发生矛盾而断绝了父女关系。请问林先生,这是否说明陈翁之所以立遗嘱,只是因为一时之气?"

"这……"林政礼听后皱起了眉头,"这种假设性问题,我是不会回答的。"

"另外,请问林先生,"中年记者仍然穷追不舍,"当年你是否利用了陈翁和女儿的矛盾,来说服他立遗嘱把财产留给你?在法律上,那属于'施加不恰当的影响力',有可能会削弱遗嘱的正当性。林先生,对此你有何看法?"

听到这里,林政礼已经气得脸都绿了。

他狠狠地盯着面前这个记者。对方四十多岁年纪,穿着黑色T恤和牛仔裤,还套了一件记者常用的浅色夹克。当林政礼望向他时,中年记者也不甘示弱地瞪着眼睛。

"你好大的胆子,你到底想暗示什么?你想说我得到的是不义之财?这绝对是对我人格的侮辱!"林政礼终于抑制不住怒火,喊道。

中年记者并没有被吓倒,冷静地继续问道:"坊间传闻,在你的管理下,伟业集团的账目一直都存在各种问题,不少人怀疑其中有侵吞公款、中饱私囊的事情发生。而有人认为你应对此负上最大责任,林先生,你认为……"

"闭嘴!"林政礼用变得尖锐的声音大喊,"信不信我找律师告你诽谤?你这是在捣乱……保安,你们是用来当摆设的吗,还不把这个人带走!"

引来一阵骚动,记者们都纷纷议论起来。

几个保安一时之间弄不清楚情况,也只好呆呆地站在一旁。

"我自己能走,不用你来赶!"中年记者冷冷地说完,便转身往外面走去。

记者们又纷纷涌向林政礼。

"林先生,请问你对刚才那位记者的话有何看法?"

"林先生,坊间传闻你盗用公款,对此你有什么回应?"

"请问林先生……"

林政礼并没有理会他们。他一直都望着那个中年记者的背影。

这记者到底是什么人?林政礼心想。他到底有什么目的?这个人好脸熟,以前是不是在什么地方见过他?

第 4 章

变成傻瓜的晓星

中年记者愤愤地走出采访现场,迎面碰上了一群来科学普及馆参观的中学生。

中年记者于是闪到一旁,让这队由老师带领的队伍先行。他把照相机小心翼翼地放回摄影工具袋里,把录音笔和笔记本放回口袋;这时,他的心情才总算平复了一些,刚才面对那个可恶的人,那个伪君子,他觉得自己快要失控了。

对着被采访者这样沉不住气,可不是一个新闻记者应有的行为啊,他苦笑着想。

当他正想掏出水来喝的时候,有一个惊喜的声音传来:

消失的遗嘱

"爸爸？爸爸，真的是你！"

只见一个女孩从参观队伍中跑了出来，小跑着迎向中年记者。

"小晴？"中年记者喊道，"你怎么会在这儿？"

郑慧跑到父亲面前，高兴地说："这句话应该由我来问才对，爸爸，你为什么会在这里？"

"我？我是个记者，当然是来采访啦，这里有个新闻发布会正在举行。"中年记者笑道，"你呢？你不是要上学吗？"

"爸！今天是班级旅行，我们来科学普及馆参观嘛。"郑慧有点不高兴，"我昨天告诉过你的。"

"哦，我可能当时没有注意你说的话……"中年记者有点不好意思地说，"你快跟上同学的队伍吧！玩开心点，但记着要小心点儿哦。"

"知道了！"郑慧顿了一顿，才说，"爸爸，今天晚上你回家吃饭好吗？我会炒我拿手的虾仁炒蛋呢。"

中年记者想了想，最后还是抱歉地摇了摇头。

"对不起，小晴。"他躲开了女儿的视线，"爸爸今天要加班，还有很多稿未写呢。何况晚上我还要去采访另一场会议，我在外面吃盒饭就可以了。"

郑慧听后轻轻地叹了一口气，声音很小，但还是让她父亲听见了。

"好吧！"郑慧声音满是无奈，"那我留一碗汤给你晚上回来喝？"

"好的。"中年记者摸摸女儿的头，"一个人在家要乖哦，不用等我了，我可能要凌晨一两点才回到家。"

"嗯。"轻声回答后，郑慧便头也不回地跑掉了，连一声再见也没有讲。

中年记者望着女儿远去的背影，长长地叹了一口气。

如果给他这个父亲评分的话，恐怕肯定是不合格吧。

作为一个记者，他总是早出晚归，往往女儿早上没起床他就上班了，晚上在女儿睡着后才回到家。忙起来的时候，他甚至整个星期一至星期五都无法见女儿一面。即使是星期六日，他也经常加班；就算在家，他也总是在写稿。

他上一次和女儿聊天是在什么时候？他竟然完全想不起来。

他真生怕有一天，女儿连他的样子都不记得了。

但他又有什么办法呢？他必须努力工作、赚钱养家，还有偿还那好像永远还不完的债。十几年前妻子被诊断出患有肺癌，明知这是绝症，但深爱妻子的他，还是从财务公司借了一大笔钱，送她去国外找最好的医生医治。妻子

消失的遗嘱

最终难敌病魔去世,留下一个未满周岁的女儿,还有一笔天文数字的债务。十几年了,他白天上班,晚上给杂志写稿,挣下的钱除了还债之外已所剩无几,仅能让自己和女儿维持温饱。平时什么东西都不敢买,能省就省。偶尔买一两件新衣服,就已经是非常奢侈的事情。

他真希望自己能富有一点——并非为了自己,而是为了他的女儿。

一定有什么办法……他心想。

本来想就此离开,因为实在不想再看见林政礼那副面孔,但想想等会还得写有关时间囊的启封报道,只好又转回会场。

"嗨!晓星!真的是你。"郑慧喊道。

当晓星被郑慧逮着的时候,他正偷偷地躲在角落里照镜子,努力把一撮总是掉下来的头发固定在原位。那样会显得帅些。

当他闻声抬起头来,想看看是谁在叫自己时,突然怔住了。

"啊!你……你好啊,郑慧。"晓星手忙脚乱地把镜子藏在背后。而让晓星感到绝望的是,他一动,头上那一撮头发便又掉了下来,垂到额头上。

变成傻瓜的晓星

"美宝老师和同学们到哪里去了?"郑慧在晓星面前停下,"我刚才看见我爸爸了,他是个记者,我和他说了几句话,一回头就跟不上大队了。他们走得真快啊!老师和同学们到底在哪儿?你知道吗?"

只见晓星紧张极了,他愣愣地看着郑慧,默不作声,好一会儿才轻轻地摇了摇头。

"你也不知道?那你到底在这儿干什么啊?"郑慧有点

奇怪地看着晓星。

晓星还是摇了摇头。他并非不想回答郑慧的问题，而是因为他的舌头在这种情况下已经打了结，说不出话来。

当一个男孩看见自己喜欢的女孩子时，往往就是这样子的了；就连一向能言善辩、风趣幽默的晓星也不例外。

"呃……你不想说就算了。"郑慧有点无奈地看着他，"我想他们应该不会走远吧，我们到那边找找看好吗？"

晓星像块木头般点了点头。

然后，他便规规矩矩地跟在郑慧背后，寻找美宝老师和同学们。

这一刻晓星实在太讨厌自己了，因为在刚才那个关键时刻，他竟然一句话也说不出，表现得像个大傻瓜；不过过了一会，他又高兴起来，因为他突然意识到，自己竟然和喜欢的女孩单独走在一起。

这真是太浪漫了……

可惜走不了几步，这种浪漫气氛便被破坏了。

"嘿，原来你们在这儿。"小岚喊道。

只见小岚和晓晴两个大电灯泡迎面走了过来。

"哎，小岚！晓晴！"郑慧高兴地向两人招手，"美宝老师呢？其他同学呢？"

"唉，别提了。"晓晴翻了翻眼睛，"美宝老师把我们全班人带到了儿童天地区，打算让我们坐在小板凳上，在小桌子上用橡皮泥捏小狗小猫呢……"

"啊，不会吧？"郑慧愣了愣，之后又不禁大笑了起来。

"你觉得不可理喻吧！"小岚耸耸肩说，"想象一下，一群高中生坐在小桌子旁，认真地做小手工，那场景有多可爱！结果大家各出奇招，有的装作肚子痛去洗手间、有的装作接听电话跑得远远的、有的装作零钱掉了去找……反正转眼间就几乎全跑光了。美宝老师一脸的诧异，苦笑着宣布让大家自由活动，待午饭时才在大门集合。"

"这么说，我们现在可以到处逛逛了，对吧？"郑慧说着看了看晓星，"我们接下来去什么地方好呢？"

听见她向自己发问，晓星吓了一跳，脸红得半个字也吐不出来。

小岚看见晓星这样子，似乎突然想到了什么。

嘿，我怎么会这么笨！小岚心想。这不是很明显吗？亏我还是个侦探呢。

她终于知道晓星的行为为什么如此古怪了。

坚持要参加这次科学普及馆之行，无论如何都不肯请假；一向打扮随意的他突然对自己的外貌重视起来，整个

早上都在照镜子；平日伶牙俐齿的他笨得半句话也说不出来，完全没有平时的张牙舞爪、得理不让人。

这小子是喜欢上某个漂亮女孩子了。

那怪不得他坚持要来这儿，是因为郑慧也在参加之列吧……

此刻郑慧仍然在等待晓星回答，但他却紧张得什么都说不出，尴尬极了。

"我要去厕所！"丢下这么一句话后，晓星便连滚带跑地逃离了现场。

只见晓晴和郑慧都觉得莫名其妙。

"老实说，这……晓星是不是有点儿讨厌我？"郑慧奇怪地问小岚和晓晴，"我跟他说话，他都不回答。"

第 5 章

时间囊风波

新闻发布会准时在早上十一时举行。

科学普及馆地下 B 层,以往是展览厅的地方,现在搭建了一个临时的讲台;讲台下摆放着一排排的椅子,前排坐满了来自社会界的各个贵宾,后排则是在电脑上快速打字记录的记者。座位后面和两侧,数不清的电视台摄像机和长镜头照相机在紧张拍摄。

而林政礼正微笑着站在讲台上,发表着长篇大论的演讲。刚才接受采访时所发生的不愉快,已经被他抛到九霄云外,此刻他无法隐藏自己的喜悦之情,想到再过几分钟,自己就会成为一个百亿富豪,他简直高兴得得意忘形了。所

消失的遗嘱

以他连讲话的声音也高了好几度。"……就因为这样,按照他的意愿,我将诚心接受他的遗产,并全心全意管理好伟业集团,绝不辜负陈翁的一番好意。尽管他已逝去,但我仍然感到他仿佛就在我的身边,提点着我、教导着我,为我前进的道路指明方向……"

小岚听到这里大大打了个呵欠。

"这家伙到底还要说多久啊?"晓晴也不耐烦地嘀咕道,"简直是个长气鬼,他已经东拉西扯了二十多分钟啦。我们要不要离开这儿?"

小岚、晓晴和郑慧此时正站在展览厅的角落里。在晓星跑掉之后,三人便一致决定到这个新闻发布会来凑凑热闹——科学普及馆的其他设施可以以后再看,但这场新闻发布却只会举办一次,难得有这样的机会,自然应该来开开眼界。

不过她们很快就后悔了,发布会举行二十多分钟了,只有一个中年发福的什么副总裁在台上不着边际地扯淡,让人昏昏欲睡。

"再忍耐一会儿吧!"郑慧按捺着不耐烦,说,"我想看看那个时间囊。"

事实上,郑慧对那个什么时间囊可一点兴趣也没有,她只是想趁这个机会，看看她的父亲是怎样工作的。她父亲就蹲在记者堆中，专心致志地照着相，郑慧好几次向他挥手，他似乎都没有看见。

他总是那么忙，连看我一眼的时间也没有，郑慧遗憾地想。

幸好这时林政礼副总裁的话已经到了尾声。

"……谨此，我代表伟业集团，感谢许馆长在这件事上的鼎力相助。谢谢！现在我把时间交回给许馆长。"

林政礼说着往后退了几步，离开讲台的位置。只见一直站在旁边的许馆长客气地点了点头，便走了上去。

小岚突然发现，许馆长似乎有点闷闷不乐的样子。刚才在科学普及馆大门前，他看上去心情还挺不错，现在却沉下脸来。

一刻钟前，通过消息灵通的晓晴，小岚了解到整件事情的来龙去脉。陈翁和他唯一的女儿断绝了父女关系，而他的合伙人兼助手林政礼，趁这个机会乘虚而入，说服陈翁把他指定为唯一的财产继承人。而在遗嘱埋进地底后的二十多年里，陈翁都没有立过新的遗嘱，于是他所有的遗产现在都属于林政礼了。

一方面，陈翁的做法没有什么可以指责的，他的确有

权指定自己的财产继承人,而作为他一直以来生意上的伙伴,林政礼也是最适合不过了;但另一方面,林政礼可以说把本来属于陈家的财产都夺走了,这对陈翁的女儿并不公平。

不过,听说陈翁的女儿早就因病去世了。所以这又有什么问题呢?

小岚想,问题在于林政礼有资格接受这份遗产吗?看着台上那个夸夸其谈、看上去绝对不是老实人的副总裁,小岚的心里有点惋惜。几百亿遗产,可以做很多事了。如果这人是一个坏人,而他又得到了这笔惊天巨款,天知道他会干出什么可怕的事来……

小岚相信许馆长也有同样的想法吧,所以才会露出那种表情来。

但这一切都无法改变了,再过一会儿,时间囊挖出来,遗嘱公布,林政礼就得偿所愿了。

"现在我宣布,香港科学普及馆时间囊开启仪式正式开始!"许馆长说。

在展览厅中央,本来放着一副巨型恐龙骸骨的复制品,现在被移到了一边去,被一系列的重型机械所代替;而在本来是地板的位置,则被凿出了一个两平方米大、五米深的大洞。

早在几小时前,操作人员就已经用起重机把时间囊从洞里吊了出来。此刻,时间囊正静静地躺在大洞旁边,等待着被人打开。

乍一看,时间囊就像街上寄信用的大邮箱,但不同的是,它是银灰色的,而且表面钉满了无数铆钉,显得非常坚固;虽然它浑身都沾满了泥土,但人们仍然能清楚看见时间囊上所刻的文字——"时间囊 1998年"。

许馆长一声令下,两名强壮的工作人员立即走向时间囊,一人抓着一边,吃力地把它抬到了讲台上。

两人把时间囊放下后,许馆长便从口袋中掏出一把大钥匙,交给林政礼。

林政礼点了点头,走上前去,在众人的注视下,郑重地把钥匙插进了时间囊正面的钥匙孔内,然后转动了一下。

随着"啪"的一声,在缓冲装置的控制下,时间囊的盖子自动揭开了,缓缓地上升到一半左右,才停了下来。

时间囊看起来很大,但其实内部的空间很小,仅仅放得下几份文件、几个小型雕塑和几盒收录着音乐的卡式录音带。这些东西摆放的位置,和林政礼记忆中的一模一样,至于遗嘱放在哪儿,他当然也记得一清二楚;因为,当年

正是他亲自把遗嘱放进时间囊里的,他又怎么可能会忘记?

东西就放在左上角那几份文件的最下方。

于是他俯身寻找起来。

身处现场的每一个人,都预料林政礼很快就会找到那份他梦寐以求的遗嘱,回到讲台前,兴高采烈地大声宣读上面的内容……

但十分钟过去了,林政礼仍然没把头抬起来。

大家都感到很奇怪。

就在这时,大家都清楚地听见了林政礼的说话声——一个轻巧的微型麦克风从发布会开始,就一直夹在林政礼的衣领上,因此连他近乎耳语的呢喃声,也被麦克风接收到,并从扬声器里清晰地播放出来。

"不可能!"这就是林政礼所说的话。

大家都被他语气中的绝望惊呆了。

过了好一会,扬声器中才再次传来林政礼的声音。

"不可能!不可能!"他的声音已经由低语变成怒吼。接下来依次是他的咒骂声、用力翻动纸张的声音、东西互相碰撞的声音……最后是"砰"的一声。

大家定眼一看,只见林政礼已经双腿一软,无力地跪倒在地上。他一脸惨白,冷汗直冒,双手紧紧地扯着自己

消失的遗嘱

的头发。

"林先生，怎……怎么了？"这可把许馆长吓着了，连忙问道。

"没……没有了。"林政礼用颤抖的手指着时间囊，语带哭音地说，"那份遗嘱，那份陈翁留下的遗嘱，不……不见了！"

许馆长立即冲到时间囊前，急急地翻动着；本来坐在台下的总经理刘喜云，也一跃而起，冲到台上去；而林政礼则像傻了一般，面无表情地望着脚下的地板。

这下现场马上爆出很大的回响，坐在贵宾席上的人纷纷站了起来，而记者们的闪光灯则此起彼落地闪个不停，他们抢拍着自己需要的照片——打开了的时间囊、沮丧的林政礼、快速翻文件的许馆长、现场人们交头接耳的情景……

不知道多久以后，许馆长才停止了翻寻，他带着难以置信的表情，走到讲台前，半晌才说出一句话。

"各位嘉宾，各位记者朋友，我们这里刚刚发生了一件不可思议的事情。本来一直安放在时间囊里，那份陈翁所留下的遗嘱……"他顿了顿，"似乎完全失去了踪影。"

接下来的场面有多混乱，就不用提了。

第 6 章
胡督察驾到

许馆长让保安去报警,又声嘶力竭地把展览厅的场面控制下来,他向大家提出了要求:请大家留在现场,在警方赶到前,任何人不要离开科学普及馆。

尽管离开不了,但记者们已经通过电话、短信、互联网等方式,向所属的报社发布这条轰动的消息,相信很快陈翁遗嘱失踪一事就会被全港市民所知悉。

警方在十多分钟后抵达现场。

当胡督察下了车后,他并没有使用更方便的扶手电梯,而是一步两级地走上楼梯,到达香港科学普及馆的大门前;他决定要多做一点运动,因为升任高级督察后,他很多时

消失的遗嘱

间都是坐在办公室里研究案情，或者处理一应文件，这让他发福了不少，他希望自己能在年底前至少减去十斤。

"长官。"一个来得最早的下属看见他，便敬了个礼。

"情况如何？"胡督察问道。

"我们已经把所有的出口都封锁住了，许馆长在地下展览厅的休息室里，他想见你。"

"待会儿吧，我想先弄清楚状况，让我们一边走一边谈吧。"胡督察笑道，"是一份遗嘱失踪了吗？"

"没错，遗嘱二十多年前放进时间囊里，今天早上才刚从五米深的地底下挖出来。新闻发布会开始后，人们把它搬到了讲台上，在众目睽睽下打开，结果本来放在里面的遗嘱却不见了。"

"确定吗？"胡督察问。这时他们穿过一道闸门，进入了科学普及馆展馆内。

"在他们报警后，又找了一次。根据里面的一份清单，包括建馆时存下的文件、几幅小学生绘画比赛的得奖作品、当时的几盒老音乐卡式录音带、一份当天的报纸……全都齐全，唯独没有了那份遗嘱。"

"是吗？"胡督察思考了一会儿，才说，"听说那是大富豪陈翁的遗嘱？"

"嗯，遗嘱把陈翁的助手林政礼指定为财产继承人。发现遗嘱消失后，林政礼受到了很大的打击，现在躺在展览厅的休息室里。"

"我也听说过这个人。"胡督察顿了一顿，"这话我只会对你说……关于遗嘱，我一点儿也不会替这个家伙感到可怜，他可以说是应有此报。"

"我也是这样想，长官。"

"不过，这不代表我们就不用去找那份遗嘱，我们始终得把那个偷遗嘱的人揪出来——如果真的有这个人的话。"

"我不明白你的意思，长官。"

"我在想，或许根本就没有人把遗嘱偷走？或许那份遗嘱本来就不在那个时间囊里？或许当初陈翁根本就没有把它放进去？"

"不是这样的，长官。"胡督察的下属照实回答道，"遗嘱是由林政礼亲自放在时间囊里的，而且当年整个过程都有很多摄影记者见证，不会有错。"

"原来是这样。"胡督察说，"那么在时间囊被挖掘出来后，到新闻发布会开始期间，有人接近过时间囊吗？"

他的下属掏出一本笔记本看了看，说："据有关人员的说法，时间囊被挖掘出来后，一直都由指定的保安看守

消失的遗嘱

着,不让陌生人接近。不过,即使有人想打开它也毫无办法——时间囊是上了锁的,只有许馆长才有钥匙。"

听到这里,胡督察皱起了眉头。但没过一会儿,他又笑了起来。

"长官,你在笑什么?"

"没什么,"胡督察摇了摇头,"只是这件怪案子让我想起一个人来,凡是扑朔迷离的案件,总是会找上她。我在想,她今天会不会刚好在现场……"

话音未落,一个熟悉的声音便从胡督察附近传来:"还真的被你说中了。马小岚在此,听你差遣。"

只见胡督察惊讶得张大了嘴,要知道刚才他只是开玩笑,想不到……

他一转身,果然见到了那个满脸精明的漂亮小姑娘——马小岚。

"我也说得太准了吧,"胡督察拍掌大笑,"这期的彩票我可买定了。"

"说起来,真的很久不见了。"小岚笑道。

"是很久了。"胡督察点头说,"老实说,能在这儿看见你这个小神探,我感觉案件已经解决了一半啦。"

他的一些下属看见这情况,一时之间搞不清楚发生了什么事。像胡督察这样位高权重的人，为什么会如此抬举这个十多岁的女孩子？

只有跟着胡督察时间较长的人，才明白他这句话的意义。他和小岚已经是老相识了，过去很多让胡督察头痛的怪案子，幸得小岚大力协助，才得以成功解决；胡督察曾经说过，十个警探，也抵不上一个马小岚。这话可绝对不过分。

胡督察找了个理由，把他的下属们打发走了——胡督察现在很想和小岚讨论一下案情。他很不想让下属们知道，小岚分析案情时比他精明得多（这很没面子哦）。

"你怎么会在这儿？"胡督察问道，"我可不知道你对科学这么感兴趣。"

"才不是。今天是学校旅行日，老师带整个高一年级的学生来这儿参观。"

"学校旅行来科学普及馆玩会不会有点儿……"

"这个就不要提了。美宝老师的想法向来是异于常人的。"小岚无奈地耸了耸肩。

"你见证了整件事情的发生吗？"胡督察问道。

"是的，但也可以说不是。"小岚回答，"从新闻发布会开始，到遗嘱被发现失踪时，我的确就在附近待着；但据

说工作人员在很早的时候就已经把时间囊挖了出来,而从那时到新闻发布会举行之前,我并不在场。"

"你认为遗嘱是在那段时间里被偷的?"

"不知道。"小岚承认道,"而且也不能排除遗嘱在箱子被挖出来以前就已经被偷的可能性。"

"那……可能吗?时间囊可是被埋在五米深的地底下呢,谁那么神通广大能隔空取物?"胡督察笑道。

"也并非完全不可能。"小岚也笑了。

"关于时间囊的技术细节,我们可以问问许馆长。"胡督察说,"我听说他就是时间囊的设计者。"

"好,我们待会去问问他吧。"小岚想了想便说,"你对这案件有何看法?"

胡督察思考了半分钟,才道:"嗯,想知道遗嘱是如何被偷的,这在目前来说资料不足,无从推断。但我们可以从另一个角度来思考——遗嘱失踪,对谁有好处呢?"

小岚点了点头说:"陈翁在生前只立过这么一份遗嘱,如果这份遗嘱没有了,那么就会按无遗嘱处理。根据无遗嘱者遗产条例第四段,陈翁的遗产将会由他的直系亲属所继承。"

"但他举目无亲,连他唯一的女儿也不在了。"胡督察说。

"她的女儿不是有个丈夫吗?"小岚提醒道。

"是啊,但他不是直系亲属,所以没有继承权……"

"我知道。"小岚说,"但他们有可能留下子女呀!"

听到这儿,胡督察呆住了。

"我竟然没有想到这一点,"他慢慢地说,"我不知道……的确,他们的子女属于直系血亲,也是有继承权的。但他们有子女吗?据说陈翁的女儿去世很多年了。"

"这就需要你去负责查证了。"小岚笑道。

"明白了,我立即去办。"胡督察认真地点了点头,仿佛小岚就是他的上司。

"接下来警方打算怎么搜索遗嘱?"小岚接着问。

"所有人都会被集中在地下展览馆,由男警或女警逐个搜身,然后进行询问。"胡督察顿了顿,有点抱歉地补充道,"当然,你们学校的学生也不能例外。"

"我们也是'嫌疑人'嘛,怎么可能例外呢,我想大家也不会介意的。"小岚说。

"那就好。"胡督察继续道,"除了对在场人士搜身外,我们还必须假设,作案者为了不被当场抓获,会把遗嘱藏起来;由于案发后保安便立即封锁了现场,如果要藏的话,这人也只可能把东西藏在科学普及馆里。所以,如果在参

消失的遗嘱

观人士身上找不到遗嘱的话,我们也会派出警员,对整栋科学普及馆进行地毯式搜索。"

"这个地方也太大了吧,可以藏得下遗嘱的地方太多太多了。"小岚环顾四周,"另外,如果遗嘱是在新闻发布会之前被偷的,那么作案者恐怕早在现场被封锁前就已经远走高飞。"

"如果是那样的话就糟了。"胡督察苦笑着说,"不过我们还可以查看科学普及馆出入口的监控录影,看看有没有可疑的人曾离开过科学普及馆现场……"

说着说着,两人已经走到了地下展览厅。

这时,他们听见展览厅的方向传来了争吵声,那里似乎发生了什么骚动……

于是小岚和胡督察拔腿就赶了过去。

第 7 章
意料之外的继承者

在地下展览厅里,有两个人在讲台上激烈地争吵着。

其中一个人就是那个副总裁林政礼。他的脸色看起来已经没之前那么苍白了,事实上,现在他因为愤怒而满脸通红,正口沫横飞地指骂着讲台上的另一人。

至于被林政礼指骂的对象,小岚并不认识。那是一个四十来岁皮肤黝黑的中年男人,穿着T恤、牛仔裤和一件浅色的多用途夹克;如果之前记者访问林政礼时,小岚在场的话,她便会知道,这就是那个处处针对林政礼,并指控他挪用公款的联合晚报记者。

台下,记者和嘉宾们都呆呆地站着,守在四周的保安

和警察也不敢轻举妄动。大家都只是不知所措地望着讲台上的两人。

"我不许你碰那个！保安，快来把他赶下去啊。"林政礼骂道。

"我必须向大家宣布一件大事！这事关系到陈翁的……"那个中年人的话才说到一半，手中的麦克风就已经被林政礼夺去了。

"你给我闭嘴！"林政礼向他挥着拳头，"从刚才起你就一直对我提出无故指控，现在又想趁机发表侮辱我的谬论，你究竟是什么人？你想干什么！"

"……"男人在说着什么，并伸手要把麦克风夺回去。

这时小岚看见了站在人群外围的晓星，便跑了过去。

"到底发生什么事了？"她迅速问道。

晓星回答道："我也不大清楚。那个人刚才突然跑上讲台，声称有一件非常重要的事情要宣布。那时林政礼刚好从休息室里出来，看见那个男人，便疯了似的冲上讲台，要把他的麦克风夺下……接下来发生的,你自己也看见了。"

看见台上两人快要打起来了，小岚想最好还是有人上去阻止他们比较好。

"爸爸！"远处突然传来一个女孩子的尖叫声，引得不少人回头张望。小岚和晓星惊讶地发现，尖叫的女孩子竟然是他们的同班同学郑慧。

"爸爸！你在台上干什么？快……快下来啊。"郑慧大声喊道。她所叫的人，也就是她的爸爸，明显并非林政礼，而是那个肤色黝黑的中年人。

就在这时，那个中年人发难了，他使劲地用肩膀一撞，便把林政礼撞倒在地上。林政礼叫了一声，一屁股坐在地上，看起来并没有伤着什么，但由于他有点胖，所以此刻只能在地上胡乱挣扎着，一时之间无法爬起来。

趁着这个机会，男人一把将麦克风抢回来。

保安此时终于开始跑向讲台了，不知道是想扶起林政礼，还是要把那男人抓起来。但这时中年男人说话了。

"各位记者，各位嘉宾，我即将要说的事很重要，"他大声喊道，"这事和陈翁的遗产继承权有重大的关系！"

听到这里，大家都突然静了下来，就连坐在地上叫骂不断的林政礼，也闭上了嘴巴，一脸惊愕地看着中年人。记者们的镜头纷纷对准了台上的男人。

"爸爸？"郑慧担心地叫道，但此刻几乎没有人注意她。

"各位，我想大家都知道，陈翁的遗嘱不见了。"中年人郑重地说着，"而我有理由怀疑，这张所谓的遗嘱根本从

消失的遗嘱

来都没存在过，陈翁立遗嘱一事，根本就是林政礼制造出来的，完全是一个大骗局！"

"不是！他当然有立遗嘱，有照片作证……"林政礼抗议道，但他的声音立即就被中年人接下来的话掩盖了。

"警方正在搜寻遗嘱，但我相信他们什么都不会找到，因为根本没有遗嘱。"男人激动地喊，"因为在情在理，陈翁的遗产都不应该留给这个谎话连篇的家伙，而是应该由陈翁的直系后嗣所继承。而他的直系后嗣……"

中年人顿了一顿，才继续道："……此刻就在这个展览厅里。"

此话一出口，在场的人都喧哗起来，嚷叫着、惊呼着、质疑着，其中林政礼索性还大笑了起来，嘴里不断喊着"天大的笑话"之类的话……

"我所说的话都是事实。"待大家安静得差不多时，那中年男人才继续道，"让我来自我介绍一下吧，在下名叫郑冠恒，我的妻子名叫陈诗恩，她不幸在十六年前因病去世。不过，阿莹给我留下了一个女儿……"

说着，他温柔地望向台下的郑慧。

"她的名字叫郑慧，她长得实在太像她母亲了，可以说一点儿也不像他的外公。"名叫郑冠恒的男人说，"尽管如此，

意料之外的继承者

她仍然是如假包换的，陈翁陈伟业的外孙女——也就是他唯一的财产继承人。"

寂静在接下来的几秒钟里取代了一切。

接着，所有人，的确是所有的人，都突然把头"唰"地转向郑慧。

郑慧惊恐地后退了半步，望着自己的父亲，摇着头，一脸难以置信的表情。

"天啊！这不会是真的吧？"这时，人群中不知道谁喊道。

话音刚落，现场便只剩下一片混乱了，场面也开始变得不受控制起来——只见记者们仿佛突然觉醒过来似的，争先恐后、前呼后拥地向郑慧冲去，打算为她拍照，打算对她进行采访，打算向她取得第一手的独家资料……

郑慧看见一群人像疯了似的向她涌来，害怕得拔脚就跑。

"这会出意外的……"胡督察看见情况不妙，连忙大声命令下属，"马上把那些记者都拦住！"

附近的几个警员听见后，连忙赶过去，把记者们截停。

而郑慧则没命地往展览厅外跑，转眼间就已经跑到很远的地方了。

记者们看见她跑远后，也没有追，而是迅速改变了目标，

消失的遗嘱

往郑冠恒所在的位置冲去。

"小晴！小晴！"此时，郑冠恒已经跑到台下，打算去追自己的女儿。但没走上两步，他就被记者重重包围，只能眼睁睁地看着女儿的身影消失在远处。

至于那个林政礼，现在已经完全被冷落在一旁，呆坐在地板上；在听到这个让人震惊的消息后，他一直都没反应过来。

看着现场的混乱情况，胡督察叹了一口气。

"好吧，"他苦笑着对小岚说，"事情越来越复杂了。陈翁竟然真的有一个外孙

意料之外的继承者

女,而且当遗嘱失踪的时候,她和她的父亲就身处于科学普及馆里……这是巧合吗?他们父女和这宗遗嘱失窃案到底有没有关系?"

小岚没有回答。她现在的心情又震惊又激动,她的同学郑慧,竟然就是陈翁的外孙女?这实在是太出人意料了,简直比小说情节还要精彩!

恐怕,晓星也是和她一样激动和惊讶吧……

晓星?直到此刻,小岚才发现,本来站在她身旁的晓星已经不见了踪影。

消失的遗嘱

第 8 章
无法接受的身份

郑慧哭着跑过了一个又一个的展览厅，尽管背后已经没有记者在追赶了，但她仿佛仍然在努力地逃避着什么，完全没有停下来的意思。

当她终于跑累了的时候，才跌跌撞撞地靠向墙壁，无力地坐在地上。

一切都发生得太突然了，事前没有任何预兆，忽然之间，她就成了大富豪陈伟业的外孙女。这件事对郑慧的震撼，并不亚于一颗原子弹在她面前爆炸；此刻她仿佛再也不认识她父亲，甚至再也不认识她自己了。

为什么父亲从来都没有对她提过这件事？她心想。如

无法接受的身份

果不是为了那笔遗产的话,他会永远把这件事隐瞒下去吗?

她努力地回想着过去:在记忆里,母亲的形象遥远而陌生,她在自己很小很小的时候,就已经因病去世,郑慧对她几乎完全没有印象;而父亲也从来不会向郑慧提到她的外公和外婆,就仿佛他们从来没有存在过似的。

有时候郑慧忍不住好奇心,问起外公外婆的事情时,换来的总是父亲的那一句话:"等你长大之后,我再告诉你。"

而现在,她总算知道了,但结果却令她大为惊讶。她感觉自己本来就像一条在风平浪静的海面上航行的小船,现在却突然被卷进了一个巨大的旋涡里,而她无法知道,在急速转动的旋涡中央,到底有什么正在等着她。

她想起刚才那群疯狂的记者——现在整个世界的一切都不再正常了,大家再也不会用和以前一样的眼光来看她了,而她的世界也注定要发生翻天覆地的变化了……而她只是个十多岁的女孩子啊,她又怎么可能轻易理解和接受这一切呢?

她的眼泪又流了下来。

这时不远处传来一些动静,郑慧吓得立即抬起了头来。

原来是她的同班同学晓星。

"呃,嘿……你没事吧。"晓星向前走了几步,小心翼

翼地问道。

"我没事。"郑慧用手背擦了擦眼睛。

"嗯,这个给你。"只见晓星递上了一包纸巾。

郑慧迟疑了一会,便接了过来。

"谢谢。"她小声地说。

晓星小心地坐到了她旁边的地板上。沉默了好一会后,他才问道:"你现在……感觉怎么样了?"

"我感觉怎么样了?"郑慧有点激动地反问道,"我还可以有什么感觉?我发现自己竟然是百亿富翁陈翁的外孙女!我发现自己竟然是他的唯一继承人!而如果没人找到那张遗嘱的话,他的钱将会统统属于我了,你问我感觉怎么样?当然是高兴也来不及了!"

"但你现在看起来似乎并不怎么高兴啊!"晓星老实地说。

"唉。"郑慧深深地叹了一口气,"是的,我一点儿也没有感到高兴。"

接着两人沉默了半分钟。

"呃……虽然我并不肯定这是怎么一回事。"晓星突然说,"但我觉得你的爸爸这样做似乎不太对。"

"不太对?"郑慧有点诧异地望向晓星。

"是啊,他就在这么突然的情况下,把你的身份公布出来，却没有考虑到你的感受。我不知道……或许他是为了你才这样做，呃，我并不是想说他的坏话……"

"我明白你的意思。"看见晓星尴尬的样子，郑慧马上替他解了围，"其实我也觉得爸爸这样做不对。为什么他当初要瞒着我？为什么不先征求我的意见呢？是否公开身份这件事，我也有权决定的啊！有那么一会儿，我真的很讨厌他的自作主张。但是……我又不可以让自己怪他。"

"因为他是你的爸爸？"

"还有另一个原因。"郑慧摇了摇头，望着远方说，"从我有记忆以来，就知道家里很穷，爸爸辛辛苦苦赚来的钱，要还债，要交房租，然后就没剩下多少了。但小时候的我却任性得很，一会儿嚷着要去买零食、一会儿嚷着要买新衣服，同班女同学买了新书包，我便会马上缠着爸爸要他给我买一个……我记得八岁生日那一天，为了给我庆祝，那晚爸爸特地带了我去吃麦当劳。但我却太不懂事了，一直都嚷着要买生日蛋糕，在蛋糕店门口哭闹着不肯回家。结果爸爸没办法，买了一个又大又漂亮的蛋糕给我，我才破涕为笑。但后来我才知道，那天早上他刚被老板解雇了，我们余下的存款连那个月的房租也不够交，而我，竟然为了那个大蛋糕在吵吵闹闹。实在……实在是太不像话了。"

消失的遗嘱

说着，她把头埋在双臂里，低声地哭泣起来。

"嘿，没关系的。那时候你还小嘛……"晓星有点不知所措地说道。

"所以……"郑慧头也不抬地说，"所以……我才认为自己没有资格去责怪爸爸，他为我做了那么多。"

晓星望着她，一句安慰的话也说不出口。

郑慧哭了一会儿，才缓缓地抬起头来。

"现在我感觉好多了。"她擦了擦眼泪，小声道，"我已经想通了。"

"你想通了？"晓星奇怪地问。

"是啊，我刚才到底在担心些什么呢？"郑慧勉强地挤出了一个笑容，"我们曾经过了一段苦日子，但那都已经是过去的事了，只要我成功继承那笔遗产，那么爸爸就不用再那么辛苦地工作，可以把欠下的债还掉，然后过上安稳的好日子了。而为了达到这个目的，爸爸需要公开我的身份，因为我的身份是合法继承这笔遗产的关键！"

"但是那份遗嘱……"晓星才说到一半，便意识到自己说错话了，连忙把自己的嘴捂了起来。

"是的，那份遗嘱。"郑慧叹了一口气，"那份遗嘱真的存在过吗？如果存在的话，它又是被谁偷走了？现在又在哪儿呢？我不知道，但现在我只希望那份遗嘱永远不再出现，最好永远没有人能找到它！"

看见郑慧一脸担心的样子，晓星不禁替她捏一把汗。据他所知，警方目前正准备全力搜索，要把整间科学普及馆翻个底朝天；而更糟的是，大侦探小岚也是其中的一分子，如果让她成功把那份遗嘱找出来的话，那么本来应该属于陈翁后代的财产，就会落到那个林政礼的手里！

这一切关乎郑慧和她父亲的幸福，晓星只希望，遗嘱最好已经被偷它的人彻底毁掉，连一块残片也没有剩下来。

有史以来头一次，晓星竟然希望小岚不要成功破案。

"小晴！"远处突然传来一个声音，"原来你在这儿！"

只见郑冠恒急急忙忙地沿着走廊跑向两人。

"爸爸！"郑慧连忙跳了起来，跑向父亲。

"我真的好担心你，"郑冠恒慈爱地抚摸着郑慧的头发，"爸爸对不起你，我应该考虑到你的感受，我应该一早把真相告诉你……"

"不要紧的，爸爸，不要紧。真的！"郑慧笑道。

"我明白把你卷进这件事里，对你实在是很不公平，"郑冠恒望着女儿，认真地说，"但是，那笔遗产本来就是属于你的，我绝不能容许林政礼那个坏蛋据为己有，这是原

消失的遗嘱

则的问题;更何况,有了这笔遗产,你就能过上更好的生活。我所做的一切,并不是为了自己,而是为了让你快乐,你能……理解我吗?"

"别再说了,我当然明白。"郑慧点了点头,"我一定会支持你的,爸爸。"

"谢谢你。"郑冠恒说,然后把目光移向站在一旁的晓

星,"小晴,他……他是谁?"

"噢,他是我的同班同学,也是我的朋友,他……"

"我们走吧。"郑冠恒打断了女儿的话,"我们去见见那些记者,好吗?"

"好的。"说着郑慧向晓星挥了挥手,"一会儿见,晓星,谢谢你。"

晓星也连忙挥了挥手。

转身离开前,郑冠恒望了晓星一眼,他的脸上充满了怀疑和不信任。

消失的遗嘱

第9章
不可能的犯案手法

在休息室的洗手间里,伟业集团的副总裁林政礼,正站在洗手盆前,不断把冷水撩到自己的脸上,好让自己清醒点。

眼看快要到手的遗产突然之间化为了泡影,这让他愤怒极了。

这到底是怎么回事?林政礼心想。一定是他!一定是那个家伙做的好事!

想到这儿,他气得一拳捶向坚硬的洗手盆,却又立即痛得哇哇直叫。

"喂喂喂,老林,不用发这么大脾气嘛。"这时一个人推开门，把头伸了进来。

林政礼定睛一看，原来是刘喜云。除了他外，还有谁敢用如此轻蔑的态度来跟副总裁说话呢？

"别烦我！我都说了，我要独自静一静。"林政礼没好气地叫道。

"警局的胡督察已经来到了休息室，他想见你。"刘喜云说。

"哼，他们最好已经把遗嘱找出来。否则，我一定投诉他们，让他们不好过！"说着，林政礼用纸巾抹了抹脸，然后离开了洗手间。

胡督察正坐在休息室的沙发上，而坐在他身边的，则是科学普及馆的负责人许馆长。至于我们的大侦探小岚呢？她和晓星、晓晴正安静地坐在休息室的一个角落里，毫不引人注目的样子——胡督察认为这样比较好，毕竟高傲的林政礼应该不肯让一个小女孩参与到调查当中。

"胡督察是吧？找到遗嘱了吗？"一见面，林政礼劈头便问胡督察。

只见胡督察皱了皱眉头，然后有礼貌地回应道："林先生，不好意思，关于遗嘱，目前我们警方仍在努力搜索中，一旦有消息我们就会第一时间通知你。我们叫你来这儿，

是想问你几个问题……"

"都是些饭桶！"没等他说完，林政礼就已经叫嚷了起来，"连一张破纸也找不到，一点儿用也没有！我告诉你，遗嘱一定是被那个郑冠恒偷走的！立即把他抓起来，审问他，他一定知道遗嘱藏在哪儿！"

"对不起，在没有确实证据前，我们不能这样做。"胡督察气定神闲地说。

"一定是他！如果你们让他逃走的话，我一定会找律师告你们，我一定要你们负责……"林政礼有点气急败坏。

"林先生。"胡督察神情一变，用低沉的声音回答道，"你有什么不满的话尽管投诉，但这一刻我才是这次调查工作的负责人，我不管你是什么集团的副总裁，还是几百亿遗产的继承人，这些在我面前都没有意义！如果你希望早点破案的话，最好回答我几个问题。"

听见胡督察的话，林政礼的气焰立即就被压去了一半，好一会才一脸恼火地回答："哼，随便你，问吧。"

"二十多年前，陈伟业留下了一份遗嘱，指定你为他的遗产继承人，对吗？"

"这算是什么问题？当然是了。"林政礼又忍不住喊。

"我还没问到重点呢，据我们所知，遗嘱事后被放进了科学普及馆的时间囊里，请问当时遗嘱是由谁放置的呢？"

"是我。"林政礼说，"陈翁签署了文件后，就直接交给我，检查过后，我便亲手将遗嘱放到了几份文件的底部。紧接着，时间囊就马上被关上，埋进五米深的地底。"

"而一直到今天前，都没有人打开过它？例如说，陈伟业会不会曾经把它挖出来过？"

"那怎么可能，如果他曾经这样做过，我一定会知道，许馆长也一定会知道！事实上，要把时间囊从地底挖出来是一个大工程，首先要移开放在上面的恐龙骸骨展品，把半吨重的石板移开，凿开厚达两米的水泥，再挖出三米厚的泥土才行。这至少得花上一整天时间，根本没有人，包括陈翁，可以在不引人注意的情况下，把时间囊挖出来。"

"是吗？……"胡督察说着沉思了起来，"那就是说，遗嘱被偷的时间，只可能是在时间囊被挖出来之后，和新闻发布会开始之前，这期间大约有五六个小时……"

"时间囊本身是上了锁的吗？"胡督察接着问。

"这个让我来回答吧。"只见许馆长举起手来，"这个时间囊是由我设计的，关于它的一切我都知道得清清楚楚。时间囊本身是上了锁的，而要打开时间囊，必须使用一把特制的大钥匙——它是独一无二的，运作原理和普通的弹

消失的遗嘱

子锁完全不同,我相信即使是最棒的锁匠,也无法轻易破解它。"

"那可以用其他的方法……例如说,用暴力的方法来把时间囊打开吗?"胡督察好奇地问许馆长。

"非常困难。"许馆长想也没想就回答说,"时间囊本身是一个由钛合金所制成的长方形箱子,箱壁厚度足足有30厘米,可以承受好几吨的压力,同时它结构紧密,关闭之后即使是一只蚂蚁也钻不进去。只用锤子等工具,是无法'伤'它分毫的,除非是用大型电钻和炸药。"

"很明显,时间囊的外壳并没有被电钻或炸药破坏过的痕迹。"胡督察皱着眉头,"好吧,现在就只剩下最后一个可能性了。很不好意思,许馆长,你是唯一持有钥匙的人,也就是说,你的嫌疑是最大的。请问,在时间囊被挖出来之后的几个小时里,你有接近过它吗?"

"没有,我一直都在自己的办公室内工作。"许馆长立即说。

"有人能证明吗?"胡督察问。

"我的同事们都可以替我做证,从时间囊被成功挖出来,到新闻发布会开始前,我都没有踏出过办公室半步……"许馆长说到这里,好像突然想起了什么,一拍额头,"嗯,对了，除了……早上十点多时，我曾到科学普及馆的正门接待过一群来访的中学生，仅此而已。我一直都没有接近过时间囊，我可以发誓。"

"根据负责看守的保安所述，从时间囊出土到新闻发布会期间，根本没有一个人接近过时间囊，更别提把它打开，从中偷走遗嘱了。"胡督察用手掌抹了抹脸，一副毫无头绪的模样，"综上所述，遗嘱根本就不可能会失踪，因为根本就没有人有机会把它偷到手。但事实上，遗嘱的确失踪了，这……这实在是太难以置信了，到底是怎么一回事？"

"我知道！这实在是太简单了。"这时一直沉默着的刘喜云说话了，把大家的注意力都引了过去，"很明显我们的遗嘱大盗，是一个能隐身、能飞天遁地、能隔空取物的家伙。"

大家花了好几秒钟，才意识到他是在开玩笑。

"在这种情况下！"气得七窍生烟的林政礼叫道，"你能不能认真一点？"

"好吧好吧，天啊，你真是没有幽默感。"刘喜云摊着手说，"如果真的要问我的话，我想作案者是利用了某种高科技的手段来偷取遗嘱的，例如激光啊，遥控机器人啊，纳米技术啊，等等。你看，这里是科学普及馆嘛，发生在这里的案件，自然也会和科学有关系，对不对？"

消失的遗嘱

"这个警方已经在调查了。"胡督察盯着刘喜云说,"请问你是……"

"在下刘喜云,伟业集团的总经理。"说着他把自己的名片递给胡督察,"嘿嘿,在此事先声明,我可是个善良的模范小市民,那遗嘱绝对不是我偷的。"

"关于这点,我们目前还不敢肯定……"胡督察笑道,"对了,随便问问,在时间囊出土到新闻发布会期间,你在哪儿?"

只见刘喜云皱了皱眉头。

"呵,我还以为你不会问呢,"他立即接着道,"这段时间里,我一直都在新闻发布会现场进行布置,那个时间囊嘛,一直都在我的视线范围之内,不过我敢保证,我一直都没有接近过它半步。老实说,我根本不知道那大家伙就是时间囊,我还以为那是一部咖啡机呢!"

"是吗?"胡督察丢下这么一句话后,便没有再问了。

"不过,无论遗嘱是被谁偷的,恐怕现在都已经凶多吉少了。"刘喜云有点夸张地叹着气说,"你看,遗嘱只是一张纸而已,要是我的话,只要把它撕碎后吞进肚子里,那么无论警方怎么搜身,都是不可能找得到的了。"

胡督察听后一怔。的确,如果是这样的话,遗嘱可能根本就找不回来了。

"不可以！"林政礼听后，既生气又绝望地喊道，"天啊，我不能让遗嘱就这样消失于世上！我不甘心！"

"这个……放心吧，"没想到许馆长说，"那种情况不太可能发生。"

"为什么呢？"胡督察问。

"因为那份遗嘱用的并非普通的纸，而是合成纸。"许馆长回答。

"合成纸？那是什么东西？"胡督察有点不明白。

于是许馆长解释道："简单来说，合成纸就是将塑料薄膜进行纸状化表面加工后所制成的纸张，它和普遍的纸一样可以用来书写和印刷，但同时又具有防水防潮、抗酸碱性腐蚀等特点。因此，合成纸是很难撕碎的，自然也无法被吞进肚子里了。"

"也就是说，由于作案者很难把遗嘱毁掉，因此只能把它藏起来？"胡督察追问。

"也不一定。"许馆长摇摇头，又道，"合成纸虽然很坚韧，但它抗热性很差，和普通的纸一样，很容易被明火烧毁。"

"哦，明白。"胡督察立即道，"我会下令在搜身时，特别留意是否有人携带打火机或者火柴之类的引火物，希望

作案者还没来得及把遗嘱烧毁……"

就在此时,一名警长进入了休息室,向胡督察敬了个礼。

"报告长官!"警长说,"所有的参观人士已经被集中在地下展览厅里了,同事们也已经在待命,准备进行搜身。"

"很好。"胡督察对他说,"被搜身后证实清白的人,可马上把他送出科学普及馆。如果所有人身上都搜不出遗嘱,就说明作案者已经成功把遗嘱藏在科学普及馆的某个位置了,到时候就要封馆进行地毯式的搜寻了……而这,是我绝对不希望发生的事情。"

第 10 章

大海捞针

胡督察最不希望发生的事情,最后还是发生了。

遗嘱失窃时,身处于科学普及馆内的人,包括记者、工作人员、嘉宾和参观人士,都已经搜身完毕了,但结果是一无所获。也就是说,目前只存在两个可能性:一、在新闻发布会开始前,作案者已经将遗嘱偷到手,在警方把现场封锁起来之前,早就已经远走高飞了;二、作案者取得遗嘱后,在来得及逃走前,警方已经来到了现场,因此作案者只能把遗嘱藏在科学普及馆的某个隐蔽的角落。

警方已经查看过科学普及馆出入口的监控录像,从时间囊被挖出来,到警方接到报案到场期间,除了几个保安外,

消失的遗嘱

没有一个人离开过科学普及馆。这就剩下第二个可能性了，作案者已经把遗嘱藏在科学普及馆的某个地方。

也就是说，目前警方唯一能做的，就是搜索整栋科学普及馆大楼——而这绝对不是一件容易的工作。

如果作案者藏得好的话，遗嘱可能永远都找不到。

为了让搜索工作顺利进行，科学普及馆里的大部分人，已经在警方的安排下被带离科学普及馆；而剩下来的，就只有负责进行搜索的大队警员，以及许馆长、几位工作人员、郑氏父女、林政礼、刘喜云……噢，还有经胡督察同意留下的由马小岚带队的"特别搜查队"——秋之枫中学的一些学生。由于搜索范围太大了，他们可以弥补警方人手上的不足。

此刻，"特别搜查队"正站在科学普及馆的平面图前，研究着他们的搜查路线。

香港科学普及馆加上地下共分四层，以内容来划分的话，由上至下分别是："儿童天地区""通信与生活科学展览区""磁电廊"和"物理与生物学展览区"，除固定的常设展馆外，位于地下的特备展厅还会不时举办专题展览。

大海捞针

"好吧,我们到底要怎么找?"只见晓晴一脸的困惑,问道,"科学普及馆这么大,而我们要找的东西却那么小——我们在谈论的可是一张薄薄的纸啊!它几乎可以被藏在任何地方呢!藏在地毯下、夹在书页之间、贴在椅子底、塞在柜子后……

消失的遗嘱

老实说,如果这是一场捉迷藏比赛的话,那么这张躲起来的遗嘱赢定了。"

"是啊,这简直是大海捞针。"温学晴挠挠头,有点泄气地说,"负责寻找遗嘱的警察少说也有一百个人,人家个个都比我们有经验啊,我们几个又可以做些什么?"

"那可不一样,警察们所采用的方法属于'地毯式搜寻',虽然很细致,但效率却低得很。"小岚倒是信心满满的,她说,"而我们呢,采用的则是'推理式搜寻',我们把自己假设成作案者,然后推理出可能性最高的藏匿地点。依靠这个方法,或许就能够早一点把遗嘱找出来。"

"我对这儿最了解啦,就让我来带路吧!"只见班长徐嘉明兴奋地举起手来,不过似乎没有人搭理他。

"我不知道⋯⋯"李晓培这时说,"老实说,为什么我们要如此努力把遗嘱找出来?如果那张遗嘱从此永远失踪的话,不是比较好吗?我们都知道郑慧需要那笔遗产,同时也有权利去得到那笔遗产。"

"是啊,那遗嘱完全不合理,干吗要把这么多钱留给那个看上去就不是好人的副总裁。"晓晴一脸不爽地说。

"等等,我明白了,"温学晴突然喊道,"小岚你之所以要先于警方把遗嘱找出来,是想偷偷把遗嘱销毁吧!一定是这样……"

"没错,这才像样儿。"晓晴则道,"让我们把它找出来,然后烧了它!"

"烧了它!烧了它!"温学晴一边说一边挥动着拳头。

"等等!"只见小岚阻止道,"我之所以请求胡督察让我们留下,可并不是为了妨碍司法公正。我是打算把遗嘱找出来,然后完好无缺地交给警方。"

"怎么会?"温学晴惊叫道,"我真看错你了,小岚。你竟然助纣为虐!"

这时小岚深深地叹了一口气。

"不是这样的,"她说,"作为朋友和同学,我当然希望郑慧能得到那笔钱,可以过上更好的生活。但法律的天秤是不会为任何人倾斜的,这份遗嘱本身合不合理是一回事,但偷取它这种行为仍然是不对的。而我们的责任,就是寻找真相和事实,我们无权擅自给出判决。你们明白吗?"

大家沉默了一会后,都无奈地点了点头。

"好吧,我们去把遗嘱找出来,然后交给警方吧。"温学晴说,"虽然我仍然认为这不是一个好主意。"

"那么我们出发吧!咦?"晓晴突然环顾四周,奇怪地问,"大家有没有发现晓星不见了?"

"没理由啊,我发誓他刚刚还站在我旁边。"徐嘉明摊了摊手。

"我在想,"小岚用手摸着下巴,"他一个人到底会跑到哪里去?"

就在大家纳闷之际,在科学普及馆的地下展览厅里,胡督察正在向郑氏父女进行问话。

只见郑冠恒紧紧地盯着胡督察的眼睛,一脸的警觉。

"对不起,我不会回答你任何问题。"郑冠恒一字一顿地对督察说。

"爸爸!"郑慧望向父亲,对他的话感到很不理解。好市民不是都应该配合警方的吗?

胡督察毫不客气地说:"郑冠恒先生,如果你继续采取这种不合作的态度,那这宗案件只会对你越来越不利。我只是想你回答我几个问题而已,得到答案后,我立即放你离开。"

"哼,我是绝对不会帮你们警察的,你们只想证明我是作案者,千方百计要把我关进牢里。想从我的嘴里套出证据,再用来指控我?你别妄想!"郑冠恒一脸的抗拒。

"爸爸!别这样。"郑慧又喊道。

"那你有没有想过,我们之所以向你进行查问,也可能是为了证明你的清白？"胡督察望着郑冠恒道，"郑冠恒先生，一旦那份遗嘱消失了，你的女儿就是最大的受益者，因此你的确存在犯案动机。而偏偏当遗嘱失踪时，你却又刚好出现在现场附近，因此你嫌疑很大。你知道吗？警察铁面无私，但并非冷酷无情，维护市民利益、伸张正义是我们的责任。如果你问我个人想法的话，我会说，我希望你不是作案者，我也希望你可爱的女儿能得到那笔遗产，能得到幸福……因此，请不要让我失望，回答我的问题，证明给我看，你没有偷取那份遗嘱，好吗？"

听了胡督察的一番话，郑冠恒呆了半晌，脸上的表情渐渐舒展了开来。

"嗯。"终于他说，"我明白了。无论如何，谢谢你。"

"那么……"胡督察问道，"请问你今天为什么会刚好出现在现场？"

"我是记者，而报社刚好要我来这儿进行采访……"郑冠恒顿了一顿，然后笑道，"好吧，我想我还是承认比较好——老板本来是指派另一个同事来的，是我主动请缨要代替他。"

"那你为什么要这样做呢？"

"我只是想亲自来看看，那个继承陈伟业遗产的人，也

就是那个林政礼。"郑冠恒回答道,"我调查过他,据我所知,他根本就不是一个正直的人,我有理由怀疑他曾挪用公款、收受贿赂。那笔庞大的遗产落到这样的人手里,老天爷真是瞎了眼!"

"但……你没想到遗嘱会突然失窃?"

"是。当遗嘱失踪时,我也非常震惊。"

"但你很快就意识到,如果没有遗嘱的话,你的女儿就成了唯一的继承者。"胡督察说。

"没错,所以我才会一时冲动跑到台上去,向大家宣布我和我女儿的身份。我当时认为,遗嘱之所以会离奇失踪,是因为当初陈翁根本就没有把遗嘱放进时间囊里,所有的一切都是林政礼骗人的把戏。既然遗嘱不存在,我就应该尽快向所有人宣告,这笔遗产的所有权是属于我的女儿的。"

"很可惜,郑先生。"胡督察有点抱歉地说,"遗嘱的确放进了时间囊里,当时许馆长也在,他亲眼看见的。"

"现在我知道了。但我仍然认为,林政礼对陈翁施加了一些不恰当的影响力,迫使他同意写这份遗嘱。哼,不过陈翁也确实是个没眼光的人,所以当年才……"郑冠恒好像想起了什么,一副愤愤的样子。

"关于林政礼对陈翁施加不恰当影响力这一点,我们会进行调查的。"胡督察说，"另外我想知道的是……请不要介意，在新闻发布会开始前，你有接近过时间囊吗？"

"没有。"郑冠恒毫不犹豫地说，"不过那要看'接近'的定义是什么，当时间囊被起重机吊出来后，所有记者，包括我，都一窝蜂地争着上前拍照，虽然大家都被保安们挡着，但离时间囊也只有一两米的距离。这算是接近过吗？"

"不算。"胡督察摇头，"在这种情况下，根本没可能把遗嘱偷出来。"

"能真正'接近'时间囊的，只有那些负责挖掘的工作人员，和负责看守时间囊的保安吧。你调查过他们了吗？"

"那当然。"胡督察笑了起来，"我们当然不会忽略他们，但在他们身上搜不出遗嘱，或者其他可以用来撬开时间囊的工具；而最重要的，是他们没有任何动机，偷走遗嘱对他们来说没有任何好处……"

"归根究底，还是我的动机最明显啊！"郑冠恒苦笑着说。

接着，胡督察又问了他几个和陈翁有关的问题。

就在两人交谈的时候，一直站在旁边的郑慧，突然听到远处传来了鸽子的叫声……

"咕咕！咕咕！"

鸽子？郑慧心想，科学普及馆里怎么会有鸽子呢？想

到这里,她把头转向声音传出的方向,只见晓星正躲在一根大柱子后,嘟着嘴装鸽子叫。

郑慧悄悄地离开了父亲和胡督察,跑到晓星所在的位置去。

"怎么啦?"郑慧小声地问,"你是要找我吗?"

"是啊,幸好你明白我的暗号,不然接下来我就要装猫头鹰叫了。"晓星做了个鬼脸,"你可不知道猫头鹰的叫声有多难学,想当年我学了好久……"

"呃,你来找我是因为……"郑慧忍不住打断了他的废话。

"噢,对了,听着,我们必须先于小岚他们把遗嘱找出来!"晓星紧张地说,"她所组织的特别搜查队已经开始行动了,我们必须比他们更快;你也知道小岚是个数一数二的大侦探吧,只要她一出马,就算有人把遗嘱藏到火星去,她都有办法找出来。"

"把遗嘱找出来?就靠我们两个?但是……"郑慧看起来有点迟疑,"小岚比我们聪明多了,我们怎么可能比她快呢?"

"嘿嘿,别忘了我也算是个'半桶水'侦探。"晓星敲了敲自己的脑袋,"虽然我脑子没小岚转得那么快,但也协助她破过不少案件呢!何况,我们现在也没有其他办法,只能碰碰运气了。如果让他们先把遗嘱找出来的话，遗产就会落到那个林政礼手中。"

"我不知道……"郑慧还是一脸犹豫不决的样子，"我们把遗嘱找出来之后，又该怎么办？"

"这个啊，还用问？当然是把它偷运出科学普及馆，然后一把火烧掉！"

"这样做……不是犯法的吗？把它交给警方才是正确的做法啊！"

"想想你和你爸爸的幸福吧，"晓星望着郑慧说，"你们需要这笔遗产，而你最有资格得到这笔钱。你外公当年立下的根本是一份错误的遗嘱，它本来就不应该存在，为什么不能让它就这样消失于世呢？"

郑慧皱着眉头想了想，缓缓地说："算了，先找出来再说吧！但是……我们该到哪儿去找呢？"

"这个嘛……"晓星用手摸了摸下巴，说，"我想到了一个地方。"

消失的遗嘱

第11章

在磁电廊

晓星和郑慧说话的时候，小岚和她的队员们正处于一楼的磁电廊里，他们仔细地搜寻着有可能藏遗嘱的地方。

磁电廊位于科学普及馆的出入口处，展区并不大，只摆放了五六件介绍电力和磁力原理的小型展品。而科学普及馆"能量穿梭机"的其中一个组成部分——乙塔就坐落在磁电廊中央。

"这儿似乎没有多少地方可以用来藏东西啊，"晓晴把手搁在额头上作远观状，"小岚你为什么要首先来这儿进行搜查？"

"有三个原因，"小岚一边东张西望，一边回答道，"第一，这儿离出口最近，作案者有可能曾经守候在此处寻找逃跑的机会，或许会因此而留下一些蛛丝马迹；第二，作案者发现出口守卫森严，很难逃掉的话，可能会顺道把遗嘱藏在这个地方；第三嘛，嗯……这个理由很牵强，纯粹是当我想到磁电廊时，就会联想到静电，想起静电，就自然联想到静电能吸附纸张，所以……"

小岚说着走到其中一个展品前，仔细研究着。这展品的造型看起来仿佛一座支撑架空电缆用的金属塔。在塔的周围，装有几个控制台模样的平台，似乎是供人进行实验用的。而小岚正在端详的这个，则是一个半圆柱形玻璃罩，里面横躺着一个金属转轮，转轮旁边还有两个金属制的、可活动的部件。

"这到底是用来做什么的呢？"小岚自言自语道。

"这是用来示范电动机原理的！"突然徐嘉明不知道从哪儿冒了出来，把小岚吓了一大跳，"你看，只要把这个电源接通，就会使转轮上的线圈变成电磁铁，然后用双手把两块磁铁移近转轮，你看！线圈就会带动转轮转动起来，哈哈，是不是很厉害呢？"

"呃，谢谢你。"小岚面无表情地说，"很感谢你为我们提供了这个'非常详细但对目前的案件来说毫无作用'的

消失的遗嘱

解释。"

"哈哈，不用谢，有什么其他问题请随便问。"徐嘉明高兴地回答，似乎完全听不明白小岚是在讽刺他。

"咦？这个是什么东西？"温学晴望着一个展品喃喃道。

只见她面前是一个大玻璃箱子，里面悬挂着一整排的饼状磁铁，磁铁间都留有十多厘米的空隙。

"哦！这是用来展示磁铁异性相吸、同性相斥的原理的，"徐嘉明连忙赶过去解释道，"看，只要摆动这一边的磁铁，就会把力传开去，直至整排磁铁都受到影响而摆动起来。噔噔噔噔！多么神奇！"

"那这个呢？"温学晴顺势指了指另一件展品。

"这个呢，是通过转动手柄的方式，来说明点亮的灯泡越多，耗电就越多。"

"那这个呢？"

"这是通过液体中的两块电极，来示范电流怎么在液解中造成电解……"

"那这个呢？"

"这只是一个垃圾筒。"

"那这个呢？"

"哦，这个啊，这展品是让你体验触电感觉的。"徐嘉明说着把手指放在金属板上,"只要把手指放在上面,然后转动手柄……"

"是这样吗?"温学晴立即用力转动手柄。

"哇!"只见徐嘉明被电得几乎跳了起来,连忙把手缩回,"是的,就是这样了。这件展品充分说明了安全用电的重要性。"

"谢谢这位'科学怪人'为我们带来这么精彩的表演。"温学晴拍着手说,"现在,请问能不能继续做我们应该做的事?例如说……搜寻那份遗嘱?"

"好的好的,我这就去。"徐嘉明连忙高举双手投降。

这时,小岚几乎已经把所有展品都查看了一遍,无意间她瞄了瞄坐落于磁电廊中央的能量穿梭机乙塔,才发现在乙塔内还有一间黑暗的小房间。

她走进房间,才发现原来里面还藏着一个展品。在一个正方形的底座上,放着一个巨大的透明玻璃球,球的中间装有电极,一条条紫色的"闪电"从电极中发射出来,延伸到玻璃球的外壳上。比起磁电廊中的其他设施,这东西不像是科学的产物,更像魔法世界里能预知未来的水晶球。

小岚把手指放在玻璃球上,只见几条"闪电"立即黏到她所触碰的位置上,看起来就仿佛从小岚的手指里发射

消失的遗嘱

出来一样。

"哇，这东西酷极了。"晓晴走到小岚身边，赞叹着说。

"太漂亮了！"跟在晓晴身后的李晓培则道。

"这又是什么东东？"温学晴也钻了进来。

"这是等离子灯！"温学晴的话把远处的徐嘉明也引来了，"玻璃球内的气体被通以高频率的电流……"

"行了，详细的科学原理迟点再讲吧。"小岚说着蹲下来，仔细检查等离子灯的底座位置，"这儿那么黑，作案者说不定会把遗嘱藏在这儿呢。"

听见她的话后，大家就立即着手搜索起来。

但他们找了好一会儿，仍然是一无所获。

"咦？"李晓培突然轻轻叫道，从地上捡起了什么东西。

"是不是找到遗嘱了？"晓晴高兴地问。

"才不是，应该只是垃圾而已，没什么用。"李晓培说完，便打算把东西丢掉。

"等一等，"小岚连忙阻止道，"先让我看一看。"

于是李晓培把东西放到小岚的手中，小岚把它举了起来，大家一看，才发现那是一支被扭弯了的回形针。

"唉，这果然一点儿用也没有。"晓晴无奈地摇了摇头。

"这也不一定，"没想到小岚说，"你们看看这里。"

在磁电廊

小岚把回形针拿到较明亮的地方,然后指了指它被扭弯的末端,只见最末端的一段有被烧焦的痕迹。

"你不会在很多地方找到被烧过的回形针,"小岚皱着眉头说,"这东西一定和案件有关系。"

"或许只是工作人员不小心留在这儿的。"李晓培想了想,"我实在想不到怎么用一个回形针把遗嘱藏起来。"

"不管怎么说,这东西可能很重要。"小岚说着把回形针放进钱包里,"大家还有其他不同寻常的发现吗?"

"嗯,没有,但我倒是有点奇怪的感觉。"晓晴一脸认真地说,"我总是觉得这儿缺了什么东西。"

"缺了什么?"大家不约而同地问。

"到底是什么呢?啊,对了!"晓晴灵机一动,"我之所以有这种感觉,是因为晓星不在!他总是爱在案件现场到处捣乱,让你不胜其烦。如果他在的话,此刻一定正把脸贴在等离子球上,看看那些'闪电'会不会一起打到自己的脸上……怪不得我总觉得缺了什么。"

"说起来,那小子到底跑到哪儿去了?"小岚一脸疑惑地问。

第12章

在镜子世界

小岚不知道的是,晓星和郑慧,现在正身处地下展厅的"镜子世界"里。

这是一个由无数镜子所组成的展区,它通过不同的设计和组合方式,让镜子呈现出各种奇妙的效果。就拿晓星和郑慧面前的这块镜子来说,由于它是水平摆放的凸镜,因此从镜子中来看,两人似乎都成了大胖子。

"你认为偷遗嘱的人可能会把东西藏在这儿?"郑慧问。

"是的,"晓星用手敲了敲镜子,认真地说,"如果我是作案者呢,我也会这样做。作案者无法把遗嘱变成透明,但可以通过各种光学幻觉来把它隐藏起来,让人视而不见,

消失的遗嘱

而有什么比镜子更能达到这个目的呢?"

说着他把头凑近镜子,仔细观察着。

没想到郑慧突然捧着肚子,哈哈大笑起来。

"我的推理是有根据的啊!"晓星以为郑慧在取笑他的想法。

"不是啦,哈哈,只是你在镜子中的影像太好笑了!"郑慧边笑边道。

晓星一看,才发现自己的脸在镜中看起来就像一个扁柿子,眼耳口鼻全被压成一块儿,当他张开嘴来的时候,镜中的牙齿就和钢琴琴键一样宽,可笑极了。

"你还没看过更好笑的呢!"说着晓星用双手用力挤着双颊,嘴巴成"O"形,做出无比惊讶的表情来。只见他镜中的影像立即变得像火星来的外星人一样,这下郑慧笑得更大声了。

"这个如何?"郑慧笑着把手指弯曲成爪状,装怪兽走路,"我像不像是大怪物哥斯拉?"

晓星连忙把嘴向左右两边扯,做起鬼脸来,含糊不清地说:"小心啊!巨型海怪来袭!啊呜!"

看见他的样子,郑慧笑得连腰也直不起来。

两人轮流对着镜子扮了无数鬼脸后,才意识到他们得继续寻找遗嘱了。

在镜子世界中进行搜索可不是一件容易的事情，因为每一件展品都让他们如坠迷雾中，弄不清楚方向和位置。例如说，你明明是正面面对着镜子的，但镜中反映出来的却是你的侧面；站在另一块镜子前端详，你看见的却是自己的后脑勺；而当你经过另一块镜子的时候，镜中的你竟然是上下颠倒的，双脚朝天、头顶着地；更别提那个完全由镜子组成的镜子迷宫了……

当两人终于从镜子迷宫中钻出来时，晓星几乎连站也站不稳。

"天啊，上下左右都是镜子，我差点儿连出口在哪儿也找不到，"他揉着眼睛说，"我想我这辈子再也不想看见镜子了。"

"咦？快看看这个。"郑慧说着指向走廊旁的一个展品柜。

只见那是一个由两面墙所隔出来的小空间，小空间里竖着一个木制的小支架，支架上方则装有一个盘子。除了这个支架外，展品柜里就什么都没有了。

"这到底是用来干什么的啊？"晓星望着展品，连头也歪到了一边去。

"我知道！"郑慧笑道，"你留在这儿别动。"

消失的遗嘱

接着郑慧立即绕到展品柜后,消失在晓星的视线中。

正当晓星在猜接下来会发生什么事时,只见……郑慧的头突然间凭空出现在支架的盘子之上!

"哇!"这可把晓星吓了一大跳。要知道,在那小小的支架后,似乎根本就没有地方可以躲藏,一颗没有连着身体的头颅突然出现在盘子上,那当然是一件非常可怕的事……

而更糟的是,郑慧的头开始说话了。

"喂!把你吓着了吗?"她笑道,"看!我身体没有了,只剩下一颗脑袋,很好玩呢,你也要来试试吗?"

晓星一脸惊讶地摇了摇头。

"不用怕啦,你看!"接着郑慧的头"嗖"地从托盘上消失了,然后她完整无缺地从展品柜后钻了出来,"我一点事也没有。这展品叫隐身镜,那个支架四周看起来什么都没有,其实是两块平面镜所造成的错觉啦,镜子把人的身躯挡了起来,所以看起来就好像只剩下一颗脑袋。你也来试一试吧。"

于是晓星和郑慧一起跑到展品柜的背面,从一个入口钻进了柜子里。当他们站上一个台阶,慢慢把头伸出去时,正好从展品柜对面的一块大镜子中看见了自己的模样——看起来他们的身躯都不见了,只剩下两个大头。

"哇，好有趣。"晓星边说边装出一副死相，"看，我的头被人切下来了。"

郑慧往下蹲了一点点，说："我更惨，我现在只剩下半个头了。"

"我更糟呢，我只剩下鼻子……"

就在这时，两人听见走廊上传来越来越响的脚步声。

"那……"晓星刚想说话，就被郑慧拉着衣袖一起躲了起来。

或许只是负责搜索遗嘱的警员吧，晓星这样想着，却不敢站起来确认。万一那是小岚和她的队员们呢？到时她一定会质问晓星在这儿干什么，如果让她知道自己是在偷偷寻找遗嘱的话……想到这儿，晓星就连大气也不敢出了。

从脚步声来判断，来者似乎是个男的，而且只有一个人。那人走到隐身镜展品柜附近便停了下来，没一会儿，他的讲话声传来。

刚开始，晓星还以为他们已经被发现了，仔细听下去，才发现那人原来正在打电话。

"是我。"那个声音道，"文件的情况怎么样了？"

从电话对面传来含糊不清的通话声，对方讲了一会后，男人便继续道："是的，他还在这儿，所以你尽管行动吧，

消失的遗嘱

不用担心,我会盯着他的。一旦得到文件后,就立即转送到老地方,接下来的事,我自然会处理的。"

这听起来仿佛是一般商务上的交谈,但对于晓星来说,那人的话听起来可疑极了。文件?该不会是指遗嘱吧?难道这人就是偷取遗嘱的作案者?说起来,这家伙的声音听起来熟悉极了,晓星在不久前才刚刚听过……

电话那边的人又说起话来,而男人则只是不断地发出"嗯"的确认声。

这刻,晓星已经按捺不住好奇心了,他小心翼翼地站起来,缓缓把头伸到外面去。幸运的是,这一刻那男人的侧面正好对着展品柜,他看不见晓星,但晓星却能清楚地看见他的样子……原来是他?

看见晓星的动作后,郑慧这时也站了起来,往外看去。但当她看见男人的样子时,却忍不住发出一声压抑着的惊叫。"是谁?"男人迅速转过身来,警觉地喊道。当男人望向展品柜的方向时,两人已经及时躲回了柜子里。郑慧用手捂着自己的嘴巴,紧张地望着晓星。寂静仿佛持续了整整一个世纪,两人竖着耳朵,等待男人的脚步声渐渐接近,然后突然出现在他们的藏身之处……

幸好这种事情并没有发生,半分钟后,男人便又继续说起电话来。

"没什么事。"他似乎在回答对方的问题,"应该只是我神经敏感而已,不过现在不是闲谈的时候,我迟一点再和你通话吧。"

说着,他挂断手机,便快步往出口走去,一秒也没有再停留。

确定男人走远后,晓星才低声道:"好险啊,差点就被他发现了。"

"那个人,我曾经见过他。"郑慧神情严峻地说,"如果我没有记错的话,这个家伙……曾经试图绑架我!"

"什么?那是什么时候的事?"晓星听了她的话后,大吃一惊。

"在我大约十岁的时候吧。有一天,我独自从学校走回家,走到一条偏僻小巷时,这个人突然出现在我的面前,叫我的名字,还问我可不可以跟他去一个地方。我那时候虽然小,但已经知道不可以随便跟陌生人走,所以我连忙说我要回家了,转身便走。没想到,他突然抓住我的手臂,吓得我高声尖叫起来。由于附近有几个行人,听到我的叫声那些人都看过来了,那个人看见情况不妙,就立即离开了。回到家我把这件事告诉了爸爸,他担心我的安全,马上搬

了家……虽然过去了那么久,但那个人的样子,我一直都没有忘记。想不到,今天竟然会在这儿看见他!"

听了郑慧的故事后,晓星沉默了好一会儿。

"晓星,怎么啦?"郑慧忍不住问道。

"如果是这样的话,那就太奇怪了,为什么他要这样做呢?"

"你认识他?他是谁?"

"我在休息室见过他。"晓星说,"他是伟业集团的总经理,他叫刘喜云。"

消失的遗嘱

第 13 章

在生命科学展览区

当西装革履的刘喜云从镜子世界的出口离开时,身处"生命科学展览区"里的小岚正好远远地看见了他。小岚并没有多加留意,收回目光,继续把注意力集中在面前的展品上。

这是一个旋转木马般的圆形转盘,在转盘的内侧印了一些小鸟飞翔的图片。这些图片看起来都非常相似,但仔细观察的话,就会发现每张图片里小鸟的动作都稍有不同;而在每张图片间,都被切割出一个垂直的小间隙。小岚按展品说明上的做法把转盘高速转动起来,然后从转盘的侧面进行观察——从间隙间望过去,那些小鸟竟然活动了起来，做出飞翔的动作。

"这就是人类视觉暂留所造成的幻觉了！"这时徐嘉明不知道又从哪里钻了出来，尽责地为展品进行解说，"由于人类的视网膜有固定的反应速度，所以光线被视网膜接收后，仍然会在我们的脑中保留一段很短的时间。以电影为例，电影其实是由每秒二十四格的图片所组成的幻灯片，但我们之所以会看见流畅而连续的画面，就是视觉暂留的功劳啦。"

"呃，这个我知道……"

小岚的话刚说到一半，徐嘉明便立即指着另一个展品，大谈特谈起来。

"其实这个展品也同样展示了视觉暂留的原理，你看，这个可旋转的平台上垂直放置了一块白板，白板两边分别画了一只鹦鹉和一个鸟笼。只要我们按这按钮让白板高速旋转，那么鹦鹉看起来就像被关进鸟笼里了！很神奇对吧？"

小岚叹了一口气，看来徐嘉明的思维还停留在班级游览科学普及馆，忘了找寻遗嘱的事了。

"还有其他问题吗？我都会努力解答的！"徐嘉明拍着胸膛说。

"我只是想知道，为什么人的眼睛、嘴巴都可以闭起来，

消失的遗嘱

只有耳朵不可以？你知道，这样就无法隔绝一些你不想听见的声音了。"

小岚已经特别强调了最后的几个字，但徐嘉明似乎还不明白。

"这个嘛，我倒是不知道是什么原因，声学区就在那一边，我立即去找答案。哈哈，科学实在是太有趣了！"说着，他便像一支箭般跑开了。

这时晓晴走到了小岚身边。

"大家有什么发现吗？"小岚问道。

"完全没有，学晴在那个圆筒隧道里来回检查了几十遍——你知道，内部涂成旋涡形、让你经过时天旋地转的那个——结果现在正在晕浪中。"晓晴无奈地说，"你认为作案者可能会把遗嘱藏在这儿？"

"有可能，时间囊本来埋在生命科学展览区的中央位置，而举办新闻发布会的临时讲台也是建在这儿，偷走遗嘱后，为了避免引起怀疑，作案者可能不敢到处走动；后来，当作案者意识到警方准备搜身，必须把遗嘱藏起来时，作案者自然就只能把东西藏到讲台附近了。"小岚望向展厅中央的讲台，思考着，"当然，现在看来我的猜测是错误的。"

"看！时间囊就在那儿。"晓晴指了指摆在讲台中央的大箱子。

小岚抬头瞧了瞧，说："我们过去看看。"

于是两人慢慢走到刚刚举行过新闻发布会的地方，登上讲台。

就在三个小时前，台下还是人头涌动的，此刻除了几个负责搜索的警员，就一个人也没有了。

讲台上的时间囊仍然保持着开启状态，小岚和晓晴把头凑近箱子，观察里面的东西：只见在箱子里，乱七八糟地摆放了几份文件、几个手工雕塑、几盒卡式录音带，还有几张看起来是儿童绘画比赛的得奖作品。小岚想，这些物品本来应该是摆放得整整齐齐的吧，当大家发现遗嘱失踪后，把箱子翻了个底朝天，所以才会把一切都弄得乱糟糟的。

"哇，这时间囊从外面看起来真大，但里面的空间原来这么小。"晓晴说，"这箱子的四边怎么设计得那么厚？"

"这是为了防止里面的东西被破坏。"这时一个声音从两人背后传来。

两人转过头去，只见许馆长笑着向她们点了点头。

"许馆长，你好。"小岚立即打招呼道。

"大自然拥有非常强大的力量。"许馆长继续解释道，

"如果时间囊不够坚固的话,就会迅速被侵蚀和分解。这个箱子由钛合金所构成,而且完全密封,别说泥土或者昆虫,就连外界的水分、空气和微生物都无法进入。"

"可惜……"小岚苦笑着说,"它却阻止不了遗嘱大盗。"

"的确如此。"许馆长说着顿了一顿,"我不知道科学普及馆里还会有学生在,警方没有让你们离开吗?"

"噢,其实我是个侦探,留下来调查案件,目前我的搜索队正在到处寻找遗嘱。"小岚如实告诉了许馆长。

没想到许馆长却哈哈大笑起来,看来他以为小岚在开玩笑。

"哈哈,现在的学生真有想象力。"许馆长赞许道,"那么,小侦探们,如果你们在调查时有什么问题,就尽管问我吧!不过事先声明哦,我可不是偷取遗嘱的作案者。"

的确,无论怎么看,小岚都不像一个屡破奇案的大侦探,许馆长的反应也很正常。不过,小岚此时也不打算向许馆长解释了,说不定以学生的身份来发问,反而还能得到更多有用的信息呢。事实上,以小岚的经验,大部分破案的关键都隐藏在看起来无关紧要的小事之中,而这种小事,人们在接受询问时通常是不会告知警方的。

"对了,许馆长。"于是小岚问道,"这个时间囊是由你

设计的吗?"

"是啊!"他回答,"那时候科学普及馆才刚刚建成,作为馆长,我的第一项工作就是为科学普及馆举办一场隆重的落成典礼,于是我提议为科学普及馆设计一个时间囊,把能代表当时时代的物品放进去,以供未来的人进行参考。这提议得到了通过。但在落成典礼当天,陈翁却把他的遗嘱放进了时间囊里,这就为它的存在赋予了全新的意义——它同时成了负责保护遗嘱的保险箱。"

小岚接着又问:"陈翁把遗嘱放进时间囊这件事,有征求过你的同意吗?你有没有反对过?"

"我又怎么会反对呢?"许馆长笑着说,"陈翁对科学普及馆的建设捐赠了大笔资金,贡献重大,他这点小小要求我又怎么会拒绝?何况,陈翁还是我的恩师呢!"

"陈伟业先生是你的恩师?"小岚没想到还有这层关系。

"没错。"许馆长回忆道,"陈翁虽然主力从商,但作为一个出色的科学家,他也曾在大学当过一段时间的物理学教授,而那时我幸运地成了他的学生。他给了我很多启发,我之所以能在科学界有所成就,都离不开陈翁的教导。"

"那么……"小岚想了想,说,"你毕业之后,还有见过陈翁吗?"

"当然见过，事实上，我们一直都保持着联络，他来参加过我的婚礼，我也偶尔和他出外饮茶。不过，当陈翁的妻子因病去世后，他就开始变得孤僻起来，几乎和所有朋友都断绝了来往，全身心投入到经商中。直至科学普及馆筹备兴建的时候，他才主动联络了我，提出捐赠五千万兴建资金。"

"嗯，落成典礼那天，陈翁突然宣布要把遗产留给他的合伙人，你有没有感到意外？"

"那是肯定的。"许馆长叹了一口气，"特别是典礼开始后，当他站到讲台上时，他的第一句话，便是宣布要和她的女儿断绝父女关系，这可把在场所有人都吓了一大跳。诗恩是陈翁唯一的女儿……不，甚至是他唯一的亲人，但他却把所有遗产都留给了别人，这种做法，完全出乎大家的意料。"

"你……认识陈翁的女儿？"

"认识啊。想当年，陈翁当教授时，是一个挺粗枝大叶的人，当师母有事外出时，他就会把当时仅有十岁的女儿带到大学实验室去，把我找来，要我当临时保姆，然后就自顾自跑去做实验了。他这样做的后果是，实验室总是被贪玩的诗恩弄得翻天覆地，就像被龙卷风袭击过似的。"许

消失的遗嘱

馆长苦笑道,"后来陈翁的妻子病重时,我也曾在医院见过诗恩,她那时候已经十五六岁了,长得很漂亮……噢,她女儿郑慧跟她妈妈长得很像。"

"陈翁立遗嘱后,你有没有问过他为什么这样做?"小岚接着问道。

"他不肯说。"许馆长回答,"但后来听到一些传闻,说是因为诗恩执意要嫁给一个男孩,所以才激怒了陈翁。无论如何,我知道陈翁其实还是爱着她的女儿的,他在落成典礼那天的行为,其实只是一时冲动;我一直都期待他会回心转意,更改遗嘱将遗产留给自己的女儿。但很可惜,他始终都没有这样做。"

说毕,许馆长便呆呆地看着时间囊,沉默不语,陷入了对往事的回忆中。

这时胡督察突然出现,往讲台这边走了过来。

"小岚,你这边有什么新发现吗?我们警方的搜索队已经检查了地下楼层的一半面积,暂时还是一无所获。"胡督察说着,看看表情奇怪的许馆长,"咦?许馆长,你为什么露出这么惊讶的表情?"

许馆长望望胡督察,又望望小岚:"刚才你说你是侦探,原来不是在开玩笑啊?"

第14章

在食品科学展览区

此刻，在科学普及馆的二楼，郑慧和晓星望着悬吊在天花板上的巨型客机，两人的嘴巴都大张着，一脸的惊讶。

"哇，好大的家伙。"晓星赞叹道。

郑慧低头望向手上的科学普及馆导览手册，说："手册上面说，这是一架名叫'贝琪'的DC-3飞机，它不但是香港史上第一架客机，而且还是香港科学普及馆里的第一件展品。它并不是模型，除了引擎不能运作外，它可是一架货真价实的飞机呢。"

"你说作案者会不会把遗嘱藏在飞机里面？"晓星思考道。

消失的遗嘱

"应该不可能吧，它固定在那么高的地方，除非偷遗嘱的人懂得飞，不然怎么可能跑到上面去？"

"你说得对。"晓星表示赞同，"咦？那又是什么东西？"

只见在客机的下方，是一个小型的人工水池，一艘样子古老的帆船静静地躺在水池中央，而水池的尽头还装有一个大风扇。

"这展品是用来示范帆船如何利用风力向前推进的。"郑慧又看向手册，"上面说，只要适当调整帆的角度，帆船甚至可以逆风行驶呢！"

晓星盯了水池半晌。

"啊！我知道作案者把遗嘱藏在哪儿了！"突然他喊道，"一定是藏在这个人工水池里。我听馆长说写遗嘱的合成纸是防水的，所以作案者把遗嘱包上一块石头，丢进池子，遗嘱就会一直沉到底部，谁也不会发现——谁又会想到要去池底找呢？一定是这样，来！守着我的鞋子，我要潜到水底去……"

说着他便真的把鞋脱掉，准备跳进池里。

"等等！"郑慧笑着阻止道，"你先看清楚再往池里跳吧，我可不想让你头顶上长一个大包。"

晓星定眼一看,才发现水池里竟然一滴水也没有。看来警方早就已经想到了这个可能性,命人把水抽得干干净净。放眼望去,被抽干了的水池底什么都没有,当然也不见遗嘱的踪影。

"唉……"晓星叹着气坐到水池旁边,"到目前为止,我们仍然是一无所获,遗嘱到底被藏在哪儿呢?如果被小岚他们早一步找到遗嘱,那就糟了。"

"顺其自然吧!"郑慧也坐到他的身边,"或许遗嘱根本就不在科学普及馆里,已经被作案者带到了科学普及馆之外,那我们就不用担心啦。"

"说起来,你认为作案者会是谁呢?"晓星问,"你说会不会是那个曾想绑架你的刘喜云?他刚才在电话中似乎提到过什么文件之类的东西……"

"我想应该不是他吧。"郑慧边想边道,"我不知道,或许是某个对林政礼不满的人吧!能躲开那些保安,打开坚固的时间囊,神不知鬼不觉地把遗嘱偷出来,这个盗贼真的好厉害呢。"

"嘿,如果我有这个能力的话,为了你和你爸爸的幸福,我也会去偷遗嘱。"晓星认真地说。

消失的遗嘱

"真的吗?"郑慧望着他,笑了起来,"谢谢你。"

"不用……"晓星被她望得满脸通红,"遗嘱又不是我偷的。"

"无论如何,我也要谢谢你帮我寻找那张遗嘱。"郑慧诚恳地道,"你知道吗?和你做了

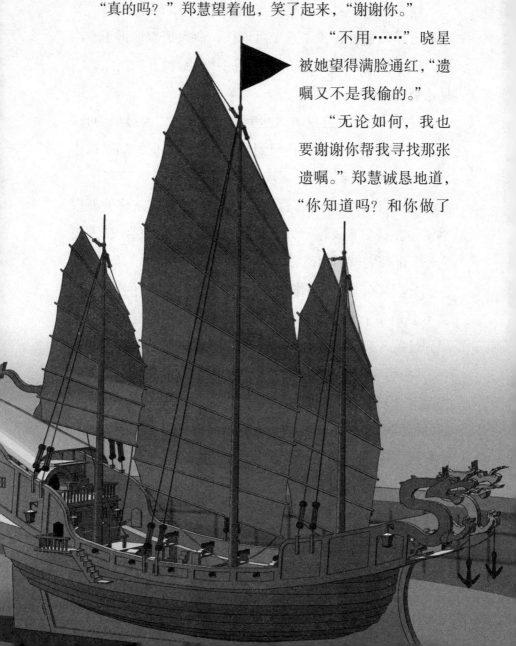

在食品科学展览区

朋友后,我才发现你这个人和我所想象的完全不同呢!"

"嗯?你本来认为我是一个怎么样的人?"

"这个嘛,我以前认为你是一个怪人。"

听见这话晓星的心情立即沉到了谷底。怪人?不会吧!他心里叫道。

"为……为什么呢?"他连忙问道。

"我不知道啊,你以前总是不正眼望我,和我说话时声音又小得可怜,在学校走廊上和我碰面时总是低着头……

消失的遗嘱

还记得那次我趁课间向你问功课时,你惊叫了一声便冲出教室,只剩下我一个在原地呆站着。那时我还以为你很讨厌我呢。"

晓星边听边用手捂着眼睛,一脸的尴尬。

"不过和你相处一段时间后就改变看法了。"郑慧接着又补充道,"我发现你其实是个很有同情心的人,又有幽默感,而且还很聪明。我想我越来越欣赏你了。"

此刻,晓星的心情又从谷底跳到了山顶上。

"而且还长得很帅,你忘了提这一点。"晓星得意地道。

"哈哈,你想得美,我可不会说这种'没良心'的话。"郑慧皱了皱好看的小鼻子。

两人接着大声笑了起来。

"对了。"好不容易止住了笑声后,晓星问道,"如果你真的得到了那笔遗产,你以后打算怎么办呢?"

"嘿!你知道吗?说来也巧,很久以前,当我望着橱窗里漂亮的新裙子,却又没钱把它买下来的时候,我也曾问过自己,如果突然变得很有钱很有钱,那会用这些钱来做什么呢?"只见郑慧扳着手指数道,"那时我想,我一定要搬到一间又大又豪华的房子去,请很多用人来做家务,买很多很多新鞋子和新衣服,买很多很好吃的东西,请专人开车送我上学放学,偶尔坐豪华邮轮环游世界,又或者坐私人飞机到法国巴黎去,喜欢买什么就买什么、想到哪里玩就到哪里玩……"

郑慧说到这里,望向晓星。然后又摇摇头,说:"不过……这一刻,当我真有这个机会的时候,我却发现那些都不是我真正想要的生活。我唯一希望的,是爸爸可以不再为生活而日忙夜忙,在工作之余有时间陪我,多点时间和我一起吃饭、多点时间跟我说话聊天、多点时间和我出去玩。如果我能够变得富有的话,爸爸便不用每天打两份工赚钱还债、养家,我的愿望也就能实现了。"

郑慧顿了一顿,又继续道:"事实上,我并不需要成为百亿富翁,只需要有足够的钱让我们把债还清了,可以和爸爸安稳地生活下去,那就已经足够了;有时候有太多钱也不一定是件好事。"

"会吗?"晓星耸耸肩,不置可否。因为他没有过百亿财产,不知道个中滋味。

就在这时,隐约传来一阵女孩子的交谈声,把晓星吓得直接弹了起来。

"是小岚姐姐他们!"晓星慌张地说,"糟了,我们得快点躲起来,别让她们看见。姐姐一定问我为什么不跟她

消失的遗嘱

们一起,为什么要跟你偷偷找遗嘱。快!躲到那个展品后面。"

说着他们连忙往食品科学展览区跑去。

两人刚躲好,小岚他们便出现在扶梯的位置。

"接下来我们要到哪里去找?"走在前面的晓晴问道。

"食品科学展览区。"小岚回答道。

"那太好了。"徐嘉明欢呼道,"这下我们可以去看看'食物剧场'了!这个展项从我小学的时候就已经有了,有趣得不得了,我可是百看不厌呢!"

听见他的话后,晓星紧张地望向他们所躲藏的地方,只见身边偌大的电视屏幕上,印着"食物剧场"几个大字。这下他们可被逮个正着了。

不过小岚接下来的话又让他放下了心头大石。

"我们来可不是看什么食物剧场的,"她没好气地说,"在食品科学展览区的后方有一个紧急出口,我们要去看看作案者会不会留下什么线索。"

一行人经过晓星和郑慧旁边时,两人紧贴墙壁,尽量减少存在感。

当晓星以为躲过一劫时……

"食品工业是人类的生命工业,也是人类文明进步的标

在食品科学展览区

志……"突然一个浑厚的男声传来,把两人吓了一大跳。

回头一看,原来晓星躲到墙上去时,不小心按到了墙壁上的一个大按钮,于是电视便播放起食品工业近况的影片。

"嘘!嘘!不要出声。"晓星低声对电视机喊道,慌乱中又按了另一个按钮。

声音停顿了几秒,又开始重新播放起来,唯一不同的是,这次的影片是普通话配音。

"啊!不要!"接着晓星又按了另一个按钮。

结果这次是介绍即食面的了……

终于把所有按钮都按了一遍后,晓星才成功让影片停下来。

"吓死宝宝了!"晓星拍拍胸口,对郑慧说,"不知道他们会不会发现我们?"

"你觉得呢?"就在这时,一个熟悉的声音从两人背后传来。

"哇!"晓星头皮发麻,回过头去,发现了在身后皮笑肉不笑的小岚,不怀好意的晓晴,还有一班搜索队的队员们。

"这么大的动静,就连聋子也能听见啦,"小岚双手叉着腰说,"我说,晓星你和郑慧为什么不跟随大队,两个人

偷偷在食品科学展览区这儿干什么？能给我一个合理的解释吗？"

"呃……"晓星支支吾吾地道。

小岚还没来得及教训晓星呢，一阵脚步声就由远而近传来了。

第15章

法理？情理？

"小晴！原来你在这儿，"来人是郑冠恒，只见他冲到郑慧的面前，"你知不知道我找了你好久，让我担心死了。"

"爸爸，我……"

出乎所有人的意料，郑冠恒突然指着晓星，大声喊道："你！离我的女儿远一点，不要对她有任何企图，否则我不会放过你的！"

"爸爸！你怎么可以这样跟我的朋友说话？"郑慧连忙叫道。

"小晴，我已经告诉过你了，不要接近他。"郑冠恒把郑慧护在身后，"我一眼就看出，这小子对你有企图！知道

你快成百亿富翁了，这个人就突然对你大献殷勤，你可不能相信他。"

"等等，你不会是想说我……"晓星听后气得不得了。

"你骗得过我的女儿，不代表你能骗得过我。"郑冠恒转过身来，对晓星怒目而视，"我清楚你在玩什么把戏，少装蒜了！"

对女儿的关心和爱护，让郑冠恒失去了理智，他根本没有意识到，自己的语气已经越来越像当年的陈伟业了。

"爸爸，他只是想帮我而已。你误会了！"郑慧着急地解释着。

"我没有误会。他肯定声称要帮你找出遗嘱，然后把它毁掉，让我们顺利继承遗产对吧？他当然乐于那样做！因为他是在觊觎你外公留给我们的钱啊，他这样说，只是为了博取你的信任而已，而事实上，他最终只会伤你的心。你就相信爸爸一次吧。"

"不是这样的！"晓星否认道。

郑冠恒没有理他，只是继续对女儿道："在今天之前，他对你表示过友好吗？你说，是不是在你突然成为遗产继承人后，他才变得这么有同情心？"

听到这儿郑慧呆住了，怔怔地望向晓星。

法理？情理？

晓星想反驳郑冠恒的话，想为自己辩解，但他却不知道该怎么说出口；他唯一能做的就是不断地摇着头。

"你……是为了钱才肯和我做朋友的吗？"郑慧轻轻地问道。

"当然不是！我之前其实一直都很喜欢……"说到一半，晓星便语塞了。

"郑先生。"这时小岚说话了，"我想为晓星说几句公道话，他这人没有什么优点，但他的缺点里绝对没有'贪图富贵'这几个字，无论给他多少钱，他也不会为此而骗取一个女孩子的信任。我以我的人格担保，你肯定是弄错了。"

郑冠恒望了望小岚，又望了望晓星，似乎有点犹豫了。

但他最后还是一脸坚决地说道："小晴，我们走。"

"郑慧，我……"晓星追出几步。

郑冠恒一点没有停下来的意思，拉着郑慧走了。

大家目送着郑慧和她的父亲渐渐远去，直至两人的身影消失在扶梯后。

"晓星。"晓晴走上前去，却不知道该怎么安慰他。

不久之前，郑慧才说过，有太多钱也不一定是件好事，现在晓星总算明白是什么原因了。金钱的魔力可以扭曲一切，让人把同情看成妒忌、把关心看成仇恨、把热情看成

心计,让人失去判别好与坏、是与非的能力。

"别理那家伙,简直是一个偏执狂。"温学晴拍了拍晓星的背。

"可是,你看见郑慧刚才的样子吗?"晓星伤心地说,"就连她也开始认为我是另有所图了。"

"放心吧,很快她爸爸就会明白,不是每个人都是向钱看的。"小岚说,"至于郑慧,我相信她能正确判断你的为人。"

"唉,我不知道。"晓星无奈极了。

"相信我吧。"小岚接着便换了个话题,"现在,晓星,请告诉我,你和郑慧之前真的在试图把遗嘱找出来,然后让它从此消失?"

晓星点了点头,然后突然道:"小岚姐姐,我求求你,郑慧真的很需要这笔钱,而她也只是想让她爸爸不用再拼命工作,多点时间陪伴她而已。我想作案者一定把遗嘱藏到了一个极度隐蔽的地方,即使警方把科学普及馆拆了也找不到;但是,如果万一真的让你找到了那张遗嘱,你是不是可以……当作什么都没看见,不要把它交给警方?"

"晓星。"小岚轻声道,"你也明白,我们没有权去替别人作主,陈翁留下了这份遗嘱,无论看起来正确与否,这都是他的个人意愿,我们不能因为自己的主观看法而强行改变它。"

"但……但这明明是错误的啊!"晓星瞪大眼睛望向小岚,"我知道这遗嘱是错误的,你知道它是错误的,大家都知道它是错误的。既然它是错误的,我们又有能力,为什么不去纠正错误?难道你认为把百亿的遗产全留给那个林政礼,才是最正确的做法?"

他望向在场的人,只见每一个人迎上他的眼神后,都忍不住低下头去。

除了小岚之外。

"正确与否,并不是由我们来决定的。"她说,"如果郑冠恒认为那份遗嘱是错误的,他可以通过法律途径来解决,由法官来判断遗嘱有没有效力。但我们却没有这个权力!"

"我说我们有。"晓星不甘示弱地说,"在场各位,大家都有权投票决定,现在,反对把遗嘱找出来并交给警方的人,请举手!"

小岚连忙道:晓星,你是不可以用这种方式来决定的……"

没想到温学晴这时却举起了手。

"我反对。"她说,"对就是对,错就是错,那份破遗嘱消失了最好。"

迟疑了几秒后,李晓培也把手高高地举了起来,说:"那些钱本来就是属于郑慧的,我同意晓星和学晴的想法。"

现在反对的人数已经达到一半了,大家望向还未表态的两人。

"呃,我能投弃权票吗?"徐嘉明冒着冷汗地问。

"那好,现在有三票了,一票弃权,"晓星高兴地说,"晓晴姐姐,你是反对还是弃权?"

"我……我听小岚的。"晓晴犹豫了一下,说。

"小岚姐姐……"晓星一脸恳求。

"我再说一次,我不同意。"她严肃地说,"就正如你即使得到全数赞成票也当不了飞行员一样,无论有多少人反对,我们都不是法官!所以,我不允许你这样做,我仍然会把遗嘱找出来,然后直接交给警方。"

"你实在太不讲情理了!"晓星嚷道。

"我只是讲求法理而已。我相信法律是公正的,由法律来判断这笔遗产的归属,才是正确的做法。"小岚毫不退让,她看着晓星,说,"老实告诉你,把遗嘱完完整整地交给警方,反而会对郑慧有利。"

大家听了这话,都奇怪地看着小岚。

"反而对郑慧有利?"晓星奇怪地问,"你的意思是,

法理？情理？

把遗嘱找回来，交给警方的话，对郑慧反而是一件好事？这个……我不明白。"

"我的脑子里已经有了一个初步的想法，"小岚指着自己的脑袋说，"老实说，有些事情我还没想通，但我相信这

个判断是正确的。没错,如果我们为郑慧着想的话,我们就必须把遗嘱找出来,然后交给胡督察!"

晓星思索了一会儿:"好吧,小岚姐姐,我相信你!"

"那么,晓星,你和郑慧刚才都找过什么地方?"小岚接着道,"或许你可以为我们提供一些线索。"

于是晓星把刚才的经历原原本本地告诉了小岚。

小岚听后,仔细地思索了好一会儿。

"我想我有些头绪了,"她说,"但首先……为了证实我的猜想,我必须向三个人,提出最后三个问题。"

第16章

最后三个问题

在一楼的职员室里,伟业集团的总经理刘喜云,正坐在电脑前聚精会神地看着什么。突然有人轻轻敲响了门,这可把他吓了一大跳,急忙把显示器关掉。

"你好。"小岚打开了职员室的门,把头伸了进来,"请问你是刘喜云先生吧?"

"是的。"只见刘喜云松了一口气,回答道,"找我有什么事?"

"胡督察请我来问你一个问题,他本来想亲自来的,但他实在太忙了。所以……"小岚说。事实上胡督察根本就没有叫她这样做,这个问题是她自己想问刘喜云的,但这刻,

她并不急于向他公开自己侦探的身份。

"没问题,请尽管发问吧。"刘喜云热情地说。

"胡督察想问的是:陈翁是不是曾经要你暗地里访寻过郑氏父女?"

刘喜云的表情立刻变了。

"他是怎么知道的?"他喃喃道。

"这么说那是真的了?"小岚听出了他话中的弦外之音。

"是的,真有这事。"刘喜云承认道,"其实这件事也没什么大不了的,只是陈翁曾叫我保守这个秘密,所以我不能随便跟人说而已。但既然胡督察都已经知道了,我就直说吧——没错,陈翁曾经请我暗地里寻找过郑慧和她的父亲,想知道他们是否平安。"

"陈翁自己从来也没有见过他们吗?"小岚问。

"没有,但有一次……"刘喜云停顿了一下,"有一次他实在是太想见见外孙女,但又不想跟女婿碰面,所以便让司机把车子停在她家附近的小巷旁边,并叫我等到郑慧放学回家时,把她哄到车子附近,让他有机会和外孙女谈上一两句话。不过,那次的事情却不怎么顺利,郑慧把我当坏人了,不肯跟我走,而当我想跟她解释时,她就尖叫着跑掉了。后来,陈翁实在忍不住了,终于放下对女婿的成见,让我开车送他去郑家看外孙女。但是，当我们去到郑氏父女租住的地方时，发现他们已经搬走了。那次之后，就再也没有郑慧和她父亲的消息了。"

"陈翁其实也挺可怜的。"小岚说。

"一直以来，陈翁都很想听郑慧叫他一声'外公'，一直很想念这个唯一的外孙。"刘喜云说着叹了一口气，"陈翁虽然富有，但钱却无法买来亲情。对于和女儿断绝关系一事，陈翁一直都很后悔，但无论他做什么，都无法弥补这一切了。"

"既然如此，他为什么不再立一份新遗嘱，把钱留给自己的外孙女？"小岚问。

"这个……我也不知道。"刘喜云回忆道，"我也曾经向他提出过这个问题，但他都只是不置可否地哼一声。"

听到这儿，小岚笑了起来。她只觉得事情越来越清晰了。

"谢谢你帮忙。"她说着点了点头，便退出了房间外。

接着，在一楼的出入口附近，小岚找到了许馆长。

"嘿，大侦探，我们又见面了，"许馆长轻松地向她打着招呼，"案件进展如何呢？"

"有点眉目了。"小岚回答，"对了，许馆长，我需要问你一个问题。"

"哦？好的，随便问吧。"

"你可以把当年落成典礼的进行过程给我详细地复述一遍吗？"

"啊？但那是二十多年前的事啊，我不知道还能不能记起来。"许馆长挠挠有点花白的头发，说。

"试一下吧，这对案件很重要。"小岚鼓励他道。

"嗯，好吧。"许馆长回忆着说，"那天早上，典礼本来在十点钟开始，但陈翁却迟到了，大约十点三十五分，他的车子才到达。陈翁看起来怒气冲冲的，刚站到台上，司仪还没说话呢，他就宣布要和自己的女儿断绝父女关系。这下现场人士立即议论纷纷，记者们争相发问，典礼也几乎无法继续下去了，于是我便决定把落成典礼延迟一小时。之后，我看见林政礼不断在跟陈翁说着什么，似乎在劝他什么似的……"

"我想那时林政礼正在劝陈翁把遗产都留给自己吧。"小岚思索道，"那接下来呢？"

"我想你说得对，"许馆长继续道，"接下来陈翁就走向我，问我可不可以把一份遗嘱放到时间囊里，在落成典礼时一起埋到地底去，而我也爽快地答应了。之后，林政礼便马上命人去起草遗嘱，而陈翁则说要散散心，独自跑到科学普及馆的实验室参观。一个小时后,落成典礼正式开始,在台上,林政礼把遗嘱和签字笔交给了陈翁,然后陈翁亲自向传媒宣读上面的内容。"

"听见遗嘱内容后,大家有什么反应?"

"当然是惊讶不已了,记者们纷纷举手发问,但陈翁没有回答任何问题,用自己的墨水笔进行签署后,便把遗嘱交给了林政礼,直接放进了时间囊里去。"

"接下来呢?"

"接下来我便马上把时间囊关上了,随即它就被埋到了五米深的地底下。典礼完毕后,陈翁和林政礼立即离开了现场,不单是记者,连我也无法跟他讲上一句话。"许馆长最后补充道,"从此以后,他便再也没有提过这份遗嘱,就像它从没存在过一样。"

小岚一边思索,一边不自觉地点着头。

"看来我的回忆对案件没有什么帮助吧?"许馆长苦笑着说。

"不!刚好相反。"小岚对他眨了眨眼睛,"帮助可大了,谢谢你。"

小岚跟许馆长告别后,又去到地下展览厅的休息室,在休息室门外,见到了郑冠恒。

"你找郑慧吗?她在里面休息,说要自己冷静一下。你们就别烦她了。"郑冠恒不客气地说。

"郑叔叔,我不是来找她的。"小岚一脸诚恳地说,"我需要你的帮忙。你是一位记者,在会议过程中,你肯定拍了不少照片,请问可以借你的照相机给我看看,让我检查一下里面的照片吗?"

"不能。"郑冠恒连忙拒绝,"你要那些照片来干什么?"

"我必须通过你的照片,来找出偷取遗嘱的作案者。"

"那就更不用想了,我是绝对不会让你把遗嘱找出来的。"

小岚诚恳地说:"郑先生,郑慧是我的同学,也是我的朋友,我们都希望她过得幸福。而要做到这一点,就必须确认作案者的身份,必须掌握作案者偷取遗嘱的证据,然后把遗嘱找出来!这件事非常重要,但我现在一下子很难跟你解释清楚,所以,我只能要求你相信我一次!让我看看那些照片吧。"

郑冠恒望着小岚,沉默了半响后,才缓缓点了点头。

他进入房间,从自己的摄影器材工具袋里拿出他的单反相机。

"希望你不要辜负我对你的信任。"当郑冠恒把照相机

最后三个问题

交给小岚时,他说道。

"放心好了。"小岚说完便检查起照相机内的照片来。她一张一张地查看着,不时把照片放大仔细观察。几分钟后,当她看见其中一张照片后,她笑了起来。

消失的遗嘱

第17章
偷遗嘱的人

天色越来越暗了，不过科学普及馆内仍然是灯火通明。警方的队伍已经仔细地检查过地下楼层和一楼，但似乎还是一无所获，因此，他们都已经移师到二楼继续进行搜索。

一个人影鬼鬼祟祟地出现在电磁廊附近。

借着展品的遮挡，人影躲过守在出入口警员的视线，神不知鬼不觉地溜进了位于乙塔内的小房间里。在这房间里所展示的展品，正是小岚他们之前所见过的等离子球。球内的"闪电"所发出的光，把来者的脸照得诡异非常。

只见来人从口袋中掏出一枚普通不过的硬币，平稳地放在等离子灯的顶部，然后又掏出一个回形针，熟练地把末端扭歪。接下来，这人环顾四周，确定无人在场后，便从怀里掏出那张警方遍寻不获的遗嘱来。

接着，这人小心翼翼地把遗嘱放到硬币上，调整好位置后，便将回形针的末端戳到纸上，和遗嘱另一边的硬币互相接触。

只见等离子球的电极上立即射出一道明亮的闪电，打到硬币所处的位置上。

刚开始时，什么都没有发生。但很快，遗嘱和硬币接触的地方，竟然燃烧起来！燃烧的范围迅速扩大，把遗嘱烧出一个几厘米大的洞来。

那人看见实验成功，举起遗嘱看了几眼后，才满意地点了点头，把遗嘱塞到怀里，把硬币放回口袋，然后顺手把回形针丢弃在地上。

仔细观察四周的情况后，这人便大模大样地离开了，然后通过扶梯，来到了科学普及馆的地下楼层。

人影来到休息室前，轻轻把门打开。如果万一休息室内有其他人在的话，这人可以编出无数个借口来应付，要来休息室喝水啦、把东西忘在这儿啦、又或者只是想来坐坐……但幸运的是，休息室内一个人也没有。

人影进入室内，把门关上，仔细观察四周的环境后，

消失的遗嘱

便往休息室的一张桌子走去。在桌子上，摆满了人们暂时放着的物品——有晓星的黑色书包、有郑慧的袋子、有林政礼和刘喜云的大公文包……当然，还有郑冠恒放着摄影器材的工具袋。

找到目标后，那人没有任何迟疑，马上从怀里拿出遗嘱，折叠了几次后，便拉开了郑冠恒工具袋侧面的拉链，打算把东西藏到里面去……

"咔嚓"，一声轻微的拍摄声，把那人吓了一大跳，他伸进工具袋的手僵住了，扭头一看，只见一个漂亮又自信的女孩站在大门口，手里拿着一个智能手机，脸上挂着属于胜利者的微笑。

"哼，终于把你抓住了，还有相片为证。"女孩正是马小岚，她边说，边扬了扬手机。

那作案者吓得一个趔趄，几乎跌倒在地。当他惊魂稍定，想扑过去抢小岚的手机时，休息室的门"砰"一声被推开了，胡督察冲了进来，在他背后，是大批警员。

那作案者看见大势已去，往后退了几步，无力地跌坐在沙发上。

"你偷取了陈翁的遗嘱，还试图栽赃嫁祸给郑冠恒，你以为自己很聪明,但天网恢恢,最终露出了狐狸尾巴。"小岚看着作案者说,"罪证确凿,你还有什么话说,林政礼先生?"

　　坐在沙发上的林政礼,无力地低下了头,本来紧抓在他手中的遗嘱,也轻轻飘落到地上去。

　　小岚走上前去,把遗嘱捡了起来。

　　这时,许馆长、刘喜云、郑氏父女、晓晴和晓星,都走进了休息室里。

　　"作案者竟然是林政礼?"晓星惊讶得张大了嘴,"这太不可思议了。"

　　"老实说,从一开始,我就已经怀疑他了。"小岚说,"因为综合所有证词后,我不得不承认,从时间囊出土,到新闻发布会前,要把遗嘱从坚固的时间囊里偷走,根本是不可能的。但事实是,遗嘱却不见了!所以,遗嘱被偷,就只可能发生在时间囊被打开之后,那么,第一个打开时间囊的人又是谁呢?当然就是林政礼!所有人都看到,林政礼打开时间囊后,很久都没有把头抬起来,我们以为他在找遗嘱,但实际上,他那时候正在努力把遗嘱藏起来!"

　　说着小岚掏出一张放大过的照片,这张照片是郑冠恒

消失的遗嘱

在时间囊打开后所拍的,画面正好是林政礼"发现"遗嘱失踪后,无力地跪坐在地上的样子。只见他在照片中双手握拳,仿佛在仰天长啸。

"林政礼穿的是长袖西装,所以他可以轻易地把遗嘱卷起,偷偷藏在衣袖里。大家看看这儿……"小岚指着照片中林政礼的衣袖部分,"仔细观察的话,我们可以看见他西装的衣袖内侧,有一块白色的类似内衬的东西。林政礼的西装是黑色的,为什么内衬却是白色的呢?那其实就是他藏在衣袖内的遗嘱!"

"但是,我不明白。"晓星一脸疑惑地问,"为什么林政礼要把遗嘱偷走?遗嘱不见了的话,损失最大的可是他本人啊!"

没想到林政礼这时却大笑起来。

"是的!遗嘱的确是我偷的,我承认,"他笑道,"但除此之外,我什么都不会告诉你们。你们随便猜吧,你们永远都不会明白我这样做的原因。"

没想到小岚却向他摇了摇手指。

"你可能以为遗嘱已经被破坏掉,我们无法知道真相如何了。"小岚笑着举起那张被烧出一个大洞的纸片,"你以为你把真的遗嘱破坏掉了？"

林政礼听后，瞪大了眼睛。

"你刚才烧穿的那一张遗嘱是假的。"小岚说，"在你还没来得及行动之前，我已经找到了你藏遗嘱的地方，并且偷偷地使了一招'狸猫换太子'，用一张假的遗嘱把真的替换掉了。真的那一张遗嘱，现在正在胡督察那儿呢！"

"遗嘱到底被藏在什么地方啊？"晓星忍不住插嘴道，"我好想知道！"

"这个嘛，结果可能简单得让你失望。遗嘱事实上……就藏在这间休息室的洗手间里。"小岚说着向后指了指。

"怎么会？我们很多人都曾经到过那儿去。"刘喜云说，"但我们都没有发现遗嘱的踪影。难道……是藏在马桶的水箱里？"

"不是，"小岚望了望胡督察，"之前警方早已经仔细地搜寻过这儿的洗手间，但却什么都没有发现……警方当然不会忽略水箱这类明显的地方，但他们却还是忽略了一个位置，而这个位置是非常显眼的，但一般来说，人们都不会想到要去调查，这个位置就是——换气扇。"

"什么？"大家都不约而同地惊叫道。

消失的遗嘱

"很简单的方法，林政礼首先把转动着的换气扇关掉，然后把遗嘱折叠起来，用胶带纸固定在换气扇的其中一片扇叶上，然后把换气扇重新启动。当换气扇高速转动起来时，任何人用肉眼都无法看到那张遗嘱。"小岚接着解释道，"人类的视网膜有固定的反应速度，所以会产生视觉暂留。因此当我们看电影时，我们不会看见一张张独立的菲林画面，而是一系列流畅的动画；如果我们在电影菲林的其中一格中插入完全漆黑的画面，当电影播放时，我们也不会注意得到，那是因为人眼无法辨识二十四分之一秒画面的不同之处。同样道理，由于换气扇的扇叶在高速转动，所以谁也没发现贴在上面的那份遗嘱。"

"原来这遗嘱一直都在大家的眼皮底下！"许馆长说，"的确，有谁会想到去查看转动中的换气扇呢？没想到林政礼竟然运用科学原理来给我们的眼睛玩了一个把戏。"

"那么，为什么林政礼要把遗嘱偷走？"晓星把刚才的问题又提了一遍，"这一点，我真的怎么想都想不明白。"

"原因嘛，你们看看遗嘱就知道了。"说着小岚望向胡督察。

于是胡督察从证物袋中掏出了那张真正的遗嘱。

大家连忙凑了过去,但仔细看了半天,都看不出有什么不对的地方。上面内容清楚写明,陈翁愿意把遗产留给林政礼。这分明对林政礼很有利啊,干吗他要毁掉呢?

"我看不出什么来,很清楚的一份遗产赠予书啊!"晓星满脸疑惑。

"看这儿。"小岚指着遗嘱的右下角。

晓星一拍脑袋:"啊,我明白了,这份遗嘱并没有陈翁的签名!"

消失的遗嘱

第18章

遗嘱的秘密

人们恍然大悟,明白了林政礼偷遗嘱的目的。

"没有签名,这份遗嘱上真的没有签名。它是毫无法律效力的!"刘喜云惊喜地喊道。

"对!"小岚接着说,"在调查过程中,我曾经感到困惑。种种迹象表明,陈翁对于自己和女儿断绝父女关系一事,一直都感到很后悔,同时他也一直在暗地里关注着郑氏父女的情况;既然如此,他为什么不再订立一份新遗嘱,把遗产留给自己的外孙女呢?我想来想去,只有一种可能,那就是——保存在时间囊里的遗嘱,根本就是无效的!"

"但……这怎么可能呢？陈翁当年的确曾在这份遗嘱上签过名啊！我亲眼看见的，林政礼本人也仔细确认过。"许馆长感到难以置信。

"我们知道，陈翁不但是一个成功的商人，还是一个有名的科学家。许馆长，你不是说过，当年陈翁在落成典礼开始前，曾独自在科学普及馆的实验室里待过一小段时间吗？"小岚提醒道。

"实验室？这跟今天这事有什么关系？"许馆长不明白小岚的意思。

"你在回忆那天的情景时曾说过，林政礼在台上把遗嘱和一支签字笔交给了陈翁，但当陈翁宣读过遗嘱，然后签名时，用的却是他自己的墨水笔。"

"等等！你的意思不会是说……"

小岚笑着说："就是你想的那样。像陈翁这样出色的科学家，要在实验室中调制出隐形墨水来，应该不是什么困难的事吧？"

"隐形墨水？"晓星叫道，"就是那种间谍用的，写在纸上一段时间就会自动消失的隐形墨水？在实验室中可以制造出这种东西来吗？"

消失的遗嘱

"当然可以。"许馆长解释道,"只要用一种名叫百里酚的pH值指示剂,适当地混进乙醇中,再加入氢氧化钠,就可以制作出隐形墨水。这种墨水一旦暴露在空气中一段时间后,就会逐渐变得透明,直至几小时后完全消失!"

"就连一点痕迹都不会留下来吗?"郑冠恒走过来问道。

"当然,如果你进行化学检测的话,还是会在纸上检查出残留物的。"许馆长解释说,"但是……用隐形墨水所签的名,具有法律效力吗?"

"没有。"刘喜云用职业的口吻说,"一份文件是否有法律效力,是取决于签署者签署时的意愿。陈翁刻意把隐形墨水装进墨水笔里,再用来签署遗嘱,这说明他根本就没有让文件生效的意愿。"

"但他为什么要这样做?!"突然林政礼大喊了起来,挥动着拳头,仿佛在对某个不存在的人发着脾气,"他明明答应把所有的遗产都留给我,为什么却又用隐形墨水来让这一切化为泡影?"

"我想,当天陈翁之所以答应把遗产留给你,有两个原因。一是不胜其烦,你一直像只苍蝇一样在他耳边嗡嗡嗡,让他烦死了;二是他对你的人品已有所怀疑,生怕不答应你，你会做出什么对公司不利的事情来，他知自己年纪渐老，对你无法防范。所以，为了稳住你，他才会用隐形墨水，给你开了一个大玩笑。"小岚说道。

"天啊……"林政礼用手捂着脸，"这么多年来，我竟然就为了一个大玩笑，而讨好了他二十多年！"

"我说老林，你这都是自作自受，"这时刘喜云说，"如果一直以来你在公司能安分守己一点的话，说不定陈翁会留给你一部分遗产的。"

"说得对，很多事情你都是自作自受。"小岚插嘴说，"如果你不是试图把罪行嫁祸到郑冠恒的身上，我们也不会把你逮个正着。"

"刚才他想嫁祸于我？"郑冠恒惊讶地说。

小岚点了点头，说："我想，当林政礼发现遗嘱无效的那一刻，就已经产生了这个念头，不然的话，他实在没有必要把遗嘱偷走。我估计，他原来计划趁警方松懈时，用打火机把遗嘱上签名的那一处破坏掉，然后把残缺的遗嘱放到郑叔叔的工具袋里，假装是郑叔叔故意破坏掉签名部分使到遗嘱失效。等警方进行搜身，在郑叔叔身上找到已被破坏的遗嘱时，就会背上偷取及刻意破坏遗嘱的罪名了。

消失的遗嘱

同时，由于二十多年前有许馆长等目击证人，能证明当时陈翁的确签了名，遗嘱本身具有法律效力，林政礼就可以通过法律途径，起诉郑叔叔破坏遗嘱，并证实遗嘱内容有效。如果一切顺利的话，他就会成功取得那笔遗产！"

"这样做不但能借刀杀人，还能顺道把属于别人的财产也抢过来。"刘喜云啧啧称奇，"这么无情的事，也只有你这个林政礼才做得出。"

"可惜他的计划却遇上了困难。"小岚接着道，"他无法找到任何可以点火的装置。科学普及馆这个禁烟区不会有打火机之类的物品，而科学普及馆实验室里的本生灯之类的器材也被警方控制起来。情急之下，他运用了和陈翁一起工作时所得到的科学知识，想到了一个利用等离子灯放电现象来引火的方法。当然，为了证实自己的想法，他肯定先拿其他纸张来进行试验，但就是因为他在试验时，随手把回形针留在了等离子灯那个展品旁，才让我有所察觉，识破了他的计划。"

"这……这一切本来都很顺利的！"林政礼咆哮道，"就是因为你这个死丫头，把一切都破坏了！"

"这都怪你自己太贪婪！"小岚不客气地说，"伟业集

遗嘱的秘密

团那些股份,每年分红应很丰厚,你每月又在公司获取高薪,总的收入已经很不错了,能让你过上很富裕的生活。但你偏偏不知足,不但贪污受贿,还觊觎陈翁的家产。听过一句话吗?'手莫伸,伸手必被捉',贪心的下场,就是一无所有,就是法律的惩罚!"

胡督察向两旁的警员示意了一下,几个人立即跑上前去,要把林政礼带走。

"哼!你们不会这么容易就把我定罪的。"没想到林政礼大叫道,"我要找全香港最好的律师,什么偷遗嘱、什么嫁祸别人,这些罪名我都通通可以甩掉!你们无法将我定罪的……"

"那试试能不能把这些罪名甩掉?"没想到刘喜云举起一个U盘。

"什么东西?吓唬人的吧!"林政礼不屑地说。

"一直受你控制的那个财务主管,已经接受我的劝说,刚刚把你多年来挪用公款、收取回扣、收受贿赂的证据都发给我了。"刘喜云板着脸说,"我全都下载到了这U盘里,现在,我就把它交给警方。如果你的律师可以把这些罪名也洗脱的话,就算你好运了。"

消失的遗嘱

"啊！"这下林政礼完全崩溃了，他低着头，神情恍惚地任由警员们带走。

"谢谢你。"胡督察从刘喜云手中接过U盘，"这下数罪并罚，他跑不了啦！"

当警员们离开后，剩下来的人都沉默着。

"等等。"许馆长突然脸上一喜，说，"这不就是说……"

"没错。"小岚望向郑慧，宣布道，"既然陈翁生前唯一订立的遗嘱无效，根据无遗嘱者遗产条例，陈翁的外孙女郑慧，的确就是这笔遗产的继承者。"

尾声

　　台下，闪光灯在闪个不停。郑慧站在台上，几乎连眼睛都睁不开了。

　　警方已经成功破案，还有林政礼被捕的消息传出后，记者们又再次涌进了科学普及馆。那里又举行新闻发布会了，由许馆长讲述遗嘱失窃事件的整个过程。

　　许馆长脸上充满了喜悦，站在讲台上，语带轻松地报告着案件的始末。

　　当他提到郑慧已经被正式确认为陈翁遗产的继承人时，台下又随即亮起了一大片闪光。

　　此刻，小岚、晓晴和晓星正站在观众席的最后一排，

默默地等待记者会完结。

"我说,晓星,"终于小岚说话了,"你待会儿不去找郑慧吗?"

"不去了。"只见晓星嘟着嘴说,一脸的落莫,"我去找她干什么呢?对于她来说,我只是一个为了钱而讨好她的贪心鬼而已。"

"她不会这样想的,"晓晴鼓励道,"她一定会知道你是真心喜欢她。"

"还是算了吧,反正她也……"此时晓星猛然醒觉,连忙喊道,"等等,谁说我喜欢她?你你你你……你不要乱说。"

"你喜欢她这件事,连瞎子也能看出来。"小岚说,"别装傻了。"

"我不……唉,算了,"晓星说着低下头去,"反正也没有什么分别,反正她永远都不会再理睬我了。"

"看开点吧!"晓晴说,"你们还是同学呢!说不定以后她会有机会更进一步了解你的为人,从而改变想法。"

"唉,不会有这样的机会了,她继承了几百亿财产,又怎么可能会继续留在我们那间普通的学校里呢?"晓星想起了什么,又对小岚说,"对了,小岚姐姐,很对不起,你是对的,当初我不应该阻止你找遗嘱,不该反对你把遗嘱

尾声

交给警方。事实上,幸好你把那张遗嘱找出来,不然郑慧的爸爸就会背负偷取遗嘱的罪名,而林政礼的奸计也就会得逞了。"

"你不用道歉了,我根本没生气。"小岚笑道。

"我是真心的啦,我真的觉得很不好意思……"

"那好,从今天起一个月内,你每天必须到我家去做家务,擦窗拖地煮饭炒菜全部做齐。噢,对了,别忘了清洁洗手间。"

晓星嘟着嘴望了小岚半晌。

"你其实还在生气对不对……"他问。

"或者、也许、可能……"小岚笑嘻嘻地说。

就在这个时候,现场突然响起了一阵掌声。三人抬头望去,只见许馆长已经把麦克风交给了郑慧。

郑慧望了望台下的人,紧张地清了清喉咙。

"很不好意思,我从来也没当着这么多人的面说话。"她尴尬地笑了笑,然后继续道,"在此,我很感谢大家对我的关注,而作为外公陈伟业先生的外孙女,我也很感激他把这么大的一笔遗产留给了我。我……我感到很荣幸。"

台下又传来了一阵掌声。

"不过,我想在这里宣布两件事。"说着,郑慧望向她

消失的遗嘱

的父亲，只见郑冠恒点了点头。

"第一，"郑慧接着说了下去，"和父亲商量过后，我们决定，把遗产中现金部分的百分之九十九捐给慈善机构，留下其中百分之一，用作清还债务以及改善我和父亲的生活……"

此话一出，现场立即爆出如雷的回响，惊呼声和询问声此起彼落，响个不停。

"各位……各位朋友，请静一静。"许馆长走上前去，对着麦克风喊道，"请大家静静地听这位小女孩把话说完，可以吗？"

台下的人慢慢安静下来。

"第二，"郑慧继续道，"据我所知，外公拥有的伟业集团百分之五十一的股份，也将会由我继承。而我和父亲决定，把这些股份中的百分之二十送给伟业集团现任总经理刘喜云先生，以答谢他这些年对我外公和集团的忠诚。"

顿时，台下又炸开了，所有镜头都立即转向了坐在台下的、一脸惊讶的刘喜云。

"刘叔叔，请上台来吧，"郑慧立即向他招手道，"请上来为大家发表一下感想吧。"

在她不断催促下，刘喜云才心情忐忑地跑到了台上去。

走到郑慧身旁时,刘喜云苦笑着,小声地说:"我说,为什么要送股份给我?我每月工资已经够用了。"

"这是你应得的。而且爸爸和我也想你在公司中拥有更大的话语权,这样便于你把公司管理得更好。"郑慧说到这里,笑笑说,"不过,这可是有条件的哦——现在我要到台下去找一个人,作为那些股份的报答,你帮我吸引那些记者的注意力。谢谢你了。"

"这个嘛……没问题,"刘喜云立即比了一个OK的手势,便跑到了麦克风前,开始长篇大论起来,"各位嘉宾、各位记者,作为伟业集团的总经理,我在此欢迎大家的光临,作为商界的领头公司,伟业集团在过去的一年里,业绩增长了百分之十二个百分点……"

就当记者们都在聚精会神地听着刘喜云讲话时,郑慧已经偷偷跑到了观众席的最后一排去。

"晓星!"她小声喊道。

"啊,郑慧……"晓星听见她的声音后,有点激动。

小岚和晓晴望着他俩,不禁微笑起来。

"好啦,晓星。"这时郑慧认真地说,"我的钱都捐出去了,已经不是一个百亿富翁了,你……你还想和我做朋友吗?"

"当然!"晓星高兴地喊道,"事实上,现在是最好不

过了。对了……郑慧,其实一直以来,我都有一件事想跟你说。"

"你尽管说啊。"郑慧笑道。

"呃……其实,这个……我……一直都很喜欢……"

"很喜欢和我做朋友对吧?"没想到郑慧替他接了下去,"我也是呢。"

"呃,你说什么?"晓星被突然来到的喜悦惊到了,"你真的想跟我做朋友?!"

"当然是真的!"郑慧笑着说,"明天,你陪我去图书馆好吗?我想去借些参考书。"

"啊!"晓星又惊到了,然后又高兴地说,"好!"

替大侦探过生日也不容易

在一间咖啡店里,晓晴和晓星并排坐在沙发上,一副忐忑不安的模样。

而我们的大侦探小岚,则把双手放在背后,在两人面前踱来踱去。突然她把头伸到两人面前,一脸严肃地问道:"快坦白!到底事情的真相是什么?"

晓晴和晓星互相看了一眼,都不敢说半句话,生怕会不小心暴露了那个大秘密。

最后晓星勉强笑着说:"小岚姐姐,我们完全不知道你在说什么啊!"

消失的遗嘱

"哼！不用骗我了，我可是个心思细密的侦探，你们今天古怪的行为，统统都瞒不过我的眼睛，例如说……"小岚扳着手指数了起来，"一向喜欢在周末睡懒觉的晓晴，今天竟然一大早就约我出去吃早餐，然后还要我陪她去中环书城购书——我想稍微了解晓晴的人都知道，她最不喜欢的就是看书了。而当我感到事有蹊跷，趁晓晴去洗手间的时候准备溜回家去时，晓星却又打电话来声称自己被人欺负，要我赶去解救他，但当我赶到时，晓星又说欺负他的人已经逃无踪影……"

晓星眨了眨眼睛，装出无辜的样子来，说："这是真的啦，晓晴姐姐她比你早一步赶到，把那些坏人都赶走了，对不对？"

听见晓星的话后，晓晴连忙大点其头，连声说是。

"唉，好吧，看来是时候要运用审讯技巧来解决这件事了。"小岚叹了一口气，"让我们来核对一下你们两人的口供吧，所谓口供，是犯罪嫌疑人或被告对于案件的回忆陈述，是非常重要的证据呢！"

说着小岚掏出一对耳机，给晓晴戴上，打开音乐，转头问晓星："我问你，欺负你的人有多少个？他们是什么样子的？"

"呃，他们有三个人，身穿破烂的T袖和牛仔裤，手臂上还有文身呢！"

接着小岚取下晓晴耳朵上的耳机，问她："现在你说说，欺负晓星的人有多少个？他们都是什么样子？"

只见晓晴听后一脸茫然，看着晓星对她不断挤眉弄眼，便支支吾吾地说："嗯……欺负晓星的人有……五个？他们都身穿皮衣和皮裤。"

小岚听后摇了摇头，说："露馅了吧！早就知道你们是在胡说八道，一个说欺负晓星的有三个人，另一个说五个人；一个说他们身穿T袖，另一个说他们身穿皮衣，口供完全不一样，你们说谎也要统一口径好不好！还是快点告诉我，你们到底在暗地里盘算些什么吧！"

"唉，好吧。"晓晴和晓星看见瞒不下去了，便垂着头说，"但我们得先回到你家里去，再跟你解释清楚。"

"好啊！看你们搞什么花样！"小岚哼了哼。

于是小岚便和两人一起回到她的家中。当她打开大门时……

"生日快乐！！"只见小岚家的客厅挤满了她的同学和

朋友。原来晓晴和晓星千方百计要把小岚引开，是要让大家有足够的时间为她的生日派对进行布置呢。不过由于小岚实在太精明，他们差点儿露出了马脚。

　　想为大侦探庆祝生日，给她一个惊喜，还真不是一件容易的事啊……